JOSÉ MARTI

LA EDAD DE ORO

JOSÉ MARTI

LA EDAD DE ORO

LA EDAD DE ORO

BY JOSÉ MARTI

CONTENTS

A los niños que lean «La Edad de Oro».

Para los niños es este periódico, y para las niñas, por supuesto. Sin las niñas no se puede vivir, como no puede vivir la tierra sin luz. El niño ha de trabajar, de andar, de estudiar, de ser fuerte, de ser hermoso: el niño puede hacerse hermoso aunque sea feo; un niño bueno, inteligente y aseado es siempre hermoso. Pero nunca es un niño más bello que cuando trae en sus manecitas de hombre fuerte una flor para su amiga, o cuando lleva del brazo a su hermana, para que nadie se la ofenda: el niño crece entonces, y parece un gigante: el niño nace para caballero, y la niña nace para madre. Este periódico se publica para conversar una vez al mes, como buenos amigos, con los caballeros de mañana, y con las madres de mañana; para contarles a las niñas cuentos lindos con que entretener a sus visitas y jugar con sus muñecas; y para decirles a los niños lo que deben saber para ser de veras hombres. Todo lo que quieran saber les vamos a decir, y de modo que lo entiendan bien, con palabras claras y con láminas finas. Les vamos a decir cómo está hecho el mundo: les vamos a contar todo lo que han hecho los hombres hasta ahora.

Para eso se publica *La Edad de Oro*: para que los niños americanos sepan cómo se vivía antes, y se vive hoy, en América, y en las demás tierras; y cómo se hacen tantas cosas de cristal y de hierro, y las máquinas de vapor, y los puentes colgantes, y la luz eléctrica; para que cuando el niño vea una piedra de color sepa por qué tiene colores la piedra, y qué quiere decir cada color; para que el niño conozca los libros famosos donde se cuentan las batallas y las religiones de los pueblos antiguos. Les hablaremos de todo lo que se hace en los talleres, donde suceden cosas más raras e interesantes que en los cuentos de magia, y son magia de verdad, más linda que la otra: y les diremos lo que se sabe del cielo, y de lo hondo del mar y de la tierra: y les contaremos cuentos de risa y novelas de niños, para cuando hayan estudiado mucho, o jugado mucho, y quieran descansar. Para los niños trabajamos, porque los niños son los que saben querer, porque los niños son la esperanza del mundo. Y queremos que nos quieran, y nos vean como cosa de su corazón.

Cuando un niño quiera saber algo que no esté en *La Edad de Oro*, escríbanos como si nos hubiera conocido siempre, que nosotros le contestaremos. No importa que la carta venga con faltas de ortografía. Lo que importa es que el niño quiera saber. Y si la carta está bien escrita, la publicaremos en nuestro correo con la firma al pie, para que se sepa que es niño que vale. Los niños saben más de lo que parece, y si les dijeran que escribiesen lo que saben, muy buenas cosas que escribirían. Por eso *La Edad de Oro* va a tener cada seis meses una competencia, y el niño que le mande el trabajo mejor, que se conozca de veras que es suyo, recibirá un buen premio de libros, y diez ejemplares del número de *La Edad de Oro* en que se publique su composición, que será sobre cosas de su edad, para que puedan escribirla bien, porque para escribir bien de una cosa hay que saber de ella mucho. Así queremos que los niños de América sean: hombres que digan lo que piensan, y lo digan bien: hombres elocuentes y sinceros.

Las niñas deben saber lo mismo que los niños, para poder hablar con ellos como amigos cuando vayan creciendo; como que es una pena que el hombre tenga que salir de su casa a buscar con quien hablar, porque las mujeres de la casa no sepan contarle más que de diversiones y de modas. Pero hay cosas muy delicadas y tiernas que las niñas entienden mejor, y para ellas las escribiremos de modo que les gusten; porque *La Edad de Oro* tiene su mago en la casa, que le cuenta que en las almas de las niñas

I

sucede algo parecido a lo que ven los colibríes cuando andan curioseando por entre las flores. Les diremos cosas así, como para que las leyesen los colibríes, si supiesen leer. Y les diremos cómo se hace una hebra de hilo, cómo nace una violeta, cómo se fabrica una aguja, cómo tejen las viejecitas de Italia los encajes. Las niñas también pueden escribirnos sus cartas, y preguntarnos cuanto quieran saber, y mandarnos sus composiciones para la competencia de cada seis meses. ¡De seguro que van a ganar las niñas!

Lo que queremos es que los niños sean felices, como los hermanitos de nuestro grabado; y que si alguna vez nos encuentra un niño de América por el mundo nos apriete mucho la mano, como a un amigo viejo, y diga donde todo el mundo lo oiga: «¡Este hombre de *La Edad de Oro* fue mi amigo!»

Tres héroes

Cuentan que un viajero llegó un día a Caracas al anochecer, y sin sacudirse el polvo del camino, no preguntó dónde se comía ni se dormía, sino cómo se iba adonde estaba la estatua de Bolívar. Y cuentan que el viajero, solo con los árboles altos y olorosos de la plaza, lloraba frente a la estatua, que parecía que se movía, como un padre cuando se le acerca un hijo. El viajero hizo bien, porque todos los americanos deben querer a Bolívar como a un padre. A Bolívar, y a todos los que pelearon como él porque la América fuese del hombre americano. A todos: al héroe famoso, y al último soldado, que es un héroe desconocido. Hasta hermosos de cuerpo se vuelven los hombres que pelean por ver libre a su patria.

Libertad es el derecho que todo hombre tiene a ser honrado, y a pensar y a hablar sin hipocresía. En América no se podía ser honrado, ni pensar, ni hablar. Un hombre que oculta lo que piensa, o no se atreve a decir lo que piensa, no es un hombre honrado. Un hombre que obedece a un mal gobierno, sin trabajar para que el gobierno sea bueno, no es un hombre honrado. Un hombre que se conforma con obedecer a leyes injustas, y permite que pisen el país en que nació los hombres que se lo maltratan, no es un hombre honrado. El niño, desde que puede pensar, debe pensar en todo lo que ve, debe padecer por todos los que no pueden vivir con honradez, debe trabajar porque puedan ser honrados todos los hombres, y debe ser un hombre honrado. El niño que no piensa en lo que sucede a su alrededor, y se contenta con vivir, sin saber si vive honradamente, es como un hombre que vive del trabajo de un bribón, y está en camino de ser bribón. Hay hombres que son peores que las bestias, porque las bestias necesitan ser libres para vivir dichosas: el elefante no quiere tener hijos cuando vive preso: la llama del Perú se echa en la tierra y se muere, cuando el indio le habla con rudeza o le pone más carga de la que puede soportar. El hombre debe ser, por lo menos, tan decoroso como el elefante y como la llama. En América se vivía antes de la libertad como la llama que tiene mucha carga encima. Era necesario quitarse la carga, o morir.

Hay hombres que viven contentos aunque vivan sin decoro. Hay otros que padecen como en agonía cuando ven que los hombres viven sin decoro a su alrededor. En el mundo ha de haber cierta cantidad de decoro, como ha de haber cierta cantidad de luz. Cuando hay muchos hombres sin decoro, hay siempre otros que tienen en sí el decoro de muchos hombres. Esos son los que se rebelan con fuerza terrible contra los que les roban a los pueblos su libertad, que es robarles a los hombres su decoro. En esos hombres van miles de hombres, va un pueblo entero, va la dignidad humana. Esos hombres son sagrados. Estos tres hombres son sagrados: Bolívar, de Venezuela; San Martín, del Río de la Plata; Hidalgo, de México. Se les deben perdonar sus errores, porque el bien que hicieron fue más que sus faltas. Los hombres no pueden ser más perfectos que el sol. El sol quema con la misma luz con que calienta. El sol tiene manchas. Los desagradecidos no hablan más que de las manchas. Los agradecidos hablan de la luz.

Bolívar era pequeño de cuerpo. Los ojos le relampagueaban, y las palabras se le salían de los labios. Parecía como si estuviera esperando siempre la hora de montar a caballo. Era su país, su país oprimido, que le pesaba en el corazón, y, no le dejaba vivir en paz. La América entera estaba como despertando. Un hombre solo no vale nunca más que un pueblo entero; pero hay hombres que no se cansan, cuando su pueblo se cansa, y que se deciden a la guerra antes que los pueblos, porque no tienen que consultar a nadie más que a sí mismos, y los pueblos tienen muchos hombres, y no pueden consultarse tan pronto. Ese fue el mérito de Bolívar, que no se cansó de pelear por la libertad de Venezuela, cuando parecía que Venezuela se cansaba. Lo habían derrotado los españoles: lo habían echado del país. El se fue a una isla, a ver su tierra de cerca, a pensar en su tierra.

Un negro generoso lo ayudó cuando ya no lo quería ayudar nadie. Volvió un día a pelear, con trescientos héroes, con los trescientos libertadores. Libertó a Venezuela. Libertó a la Nueva Granada. Libertó al Ecuador. Libertó al Perú. Fundó una nación nueva, la nación de Bolivia. Ganó batallas sublimes con soldados descalzos y medio desnudos. Todo se estremecía y se llenaba de luz a su alrededor. Los generales peleaban a su lado con valor sobrenatural. Era un ejército de jóvenes. Jamás se peleó tanto, ni se peleó mejor, en el mundo por la libertad. Bolívar no defendió con tanto fuego el derecho de los hombres a gobernarse por sí mismos, como el derecho de América a ser libre. Los envidiosos exageraron sus defectos. Bolívar murió de pesar del corazón, más que de mal del cuerpo, en la casa de un español en Santa Marta. Murió pobre, y dejó una familia de pueblos.

México tenía mujeres y hombres valerosos que no eran muchos, pero valían por muchos: media docena de hombres y una mujer preparaban el modo de hacer libre a su país. Eran unos cuantos jóvenes valientes, el esposo de una mujer liberal, y un cura de pueblo que quería mucho a los indios, un cura de sesenta años. Desde niño fue el cura Hidalgo de la raza buena, de los que quieren saber. Los que no quieren saber son de la raza mala. Hidalgo sabía francés, que entonces era cosa de mérito, porque lo sabían pocos. Leyó los libros de los filósofos del siglo dieciocho, que explicaron el derecho del hombre a ser honrado, y a pensar y a hablar sin hipocresía. Vio a los negros esclavos, y se llenó de horror. Vio maltratar a los indios, que son tan mansos y generosos, y se sentó entre ellos como un hermano viejo, a enseñarles las artes finas que el indio aprende bien: la música, que consuela; la cría del gusano, que da la seda; la cría de la abeja, que da miel. Tenía fuego en sí, y le gustaba fabricar: creó hornos para cocer los ladrillos. Le veían lucir mucho de cuando en cuando los ojos verdes. Todos decían que hablaba muy bien, que sabía mucho nuevo, que daba muchas limosnas el señor cura del pueblo de Dolores. Decían que iba a la ciudad de Querétaro una que otra vez, a hablar con unos cuantos valientes y con el marido de una buena señora. Un traidor le dijo a un comandante español que los amigos de Querétaro trataban de hacer a México libre. El cura montó a caballo, con todo su pueblo, que lo quería como a su corazón; se le fueron juntando los caporales y los sirvientes de las haciendas, que eran la caballería; los indios iban a pie, con palos y flechas, o con hondas y lanzas. Se le unió un regimiento y tomó un convoy de pólvora que iba para los españoles. Entró triunfante en Celaya, con músicas y vivas. Al otro día juntó el Ayuntamiento, lo hicieron general, y empezó un pueblo a nacer. El fabricó lanzas y granadas de mano. El dijo discursos que dan calor y echan chispas, como decía un caporal de las haciendas. El declaró libres a los negros. El les devolvió sus tierras a los indios. El publicó un periódico que llamó El *Despertador Americano*. Ganó y perdió batallas. Un día se le juntaban siete mil indios con flechas, y al otro día lo dejaban solo. La mala gente quería ir con él para robar en los pueblos y para vengarse de los españoles. El les avisaba a los jefes españoles que si los vencía en la batalla que iba a darles los recibiría en su casa como amigos. ¡Eso es ser grande! Se atrevió a ser magnánimo, sin miedo a que lo abandonase la soldadesca, que quería que fuese cruel. Su compañero Allende tuvo celos de él, y él le cedió el mando a Allende. Iban juntos buscando amparo en su derrota cuando los españoles les cayeron encima. A Hidalgo le quitaron uno a uno, como para ofenderlo, los vestidos de sacerdote. Lo sacaron detrás de una tapia, y le dispararon los tiros de muerte a la cabeza. Cayó vivo, revuelto en la sangre, y en el suelo lo acabaron de matar. Le cortaron la cabeza y la colgaron en una jaula, en la Alhóndiga misma de Granaditas, donde tuvo su gobierno. Enterraron los cadáveres descabezados. Pero México es libre.

San Martín fue el libertador del Sur, el padre de la República Argentina, el padre de Chile. Sus padres eran españoles, y a él lo mandaron a España para que fuese militar del rey. Cuando Napoleón entró en España con su ejército, para quitarles a los españoles la libertad, los españoles todos pelearon contra Napoleón: pelearon los viejos, las mujeres, los niños; un niño valiente, un catalancito, hizo huir una noche a una compañía, disparándole tiros y más tiros desde un rincón del monte: al niño lo encontraron muerto, muerto de hambre y de frío; pero tenía en la cara como una luz, y sonreía, como si estuviese contento. San Martín peleó muy bien en la batalla de Bailén, y lo hicieron teniente coronel. Hablaba poco: parecía de acero: miraba como un águila: nadie lo desobedecía su caballo iba y venía por el campo de pelea, como el rayo por el aire. En cuanto supo que América peleaba para hacerse libre, vino a América: ¿qué le importaba perder su carrera, si iba a cumplir con su deber?: llegó a Buenos Aires: no dijo discursos: levantó un escuadrón de caballería: en San Lorenzo fue su primera batalla: sable en mano se fue San Martín detrás de los españoles, que venían muy seguros, tocando el tambor, y se quedaron sin tambor, sin cañones y sin bandera. En los otros pueblos de América los españoles iban venciendo: a Bolívar lo había echado Morillo el cruel de Venezuela: Hidalgo estaba muerto: O'Higgins salió huyendo de Chile: pero donde estaba San Martín siguió siendo libre la América. Hay hombres así, que no pueden ver esclavitud. San Martín no podía; y se fue a libertar a Chile y al Perú. En dieciocho días cruzó con su ejército los Andes altísimos y fríos: iban los hombres como por el cielo, hambrientos, sedientos: abajo, muy abajo, los árboles parecían yerba, los torrentes rugían como leones. San Martín se encuentra al ejército español y lo deshace en la batalla de Maipú, lo derrota para siempre en la batalla de Chacabuco. Liberta a Chile. Se embarca con su tropa, y va a libertar al Perú. Pero en el Perú estaba Bolívar, y San Martín le cede la gloria. Se fue a Europa triste, y murió en brazos de su hija Mercedes. Escribió su testamento en una cuartilla de papel, como si fuera el parte de una batalla. Le habían regalado el estandarte que el conquistador Pizarro trajo hace cuatro siglos, y él le regaló el estandarte en el testamento al Perú. Un escultor es admirable, porque saca una figura de la piedra bruta: pero esos hombres que hacen pueblos son como más que hombres. Quisieron algunas veces lo que no debían querer; pero ¿qué no le perdonará un hijo a su padre? El corazón se llena de ternura al pensar en esos gigantescos fundadores. Esos son héroes; los que pelean para hacer a los pueblos libres, o los que padecen en pobreza y desgracia por defender una gran verdad. Los que pelean por la ambición, por hacer esclavos a otros pueblos, por tener más mando, por quitarle a otro pueblo sus tierras, no son héroes, sino criminales.

Dos milagros

Iba un niño travieso

Cazando mariposas;

Las cazaba el bribón, les daba un beso,

Y después las soltaba entre las rosas.

Por tierra, en un estero,

Estaba un sicomoro;

Le da un rayo de sol, y del madero

Muerto, sale volando un ave de oro.

Meñique

(Del francés, de Laboulaye)

Cuento de magia, donde se relata la historia del sabichoso Meñique, y se ve que el saber vale más que la fuerza.

—I—

En un país muy extraño vivió hace mucho tiempo un campesino que tenía tres hijos: Pedro, Pablo y Juancito. Pedro era gordo y grande, de cara colorada, y de pocas entendederas; Pablo era canijo y paliducho, lleno de envidias y de celos; Juancito era lindo como una mujer, y más ligero que un resorte, pero tan chiquitín que se podía esconder en una bota de su padre. Nadie le decía Juan, sino Meñique.

El campesino era tan pobre que había fiesta en la casa cuando traía alguno un centavo. El pan costaba mucho, aunque era pan negro; y no tenían cómo ganarse la vida. En cuanto los tres hijos fueron bastante crecidos, el padre les rogó por su bien que salieran de su choza infeliz, a buscar fortuna por el mundo. Les dolió el corazón de dejar solo a su padre viejo, y decir adiós para siempre a los árboles que habían sembrado, a la casita en que habían nacido, al arroyo donde bebían el agua en la palma de la mano. Como a una legua de allí tenía el rey del país un palacio magnífico, todo de madera, con veinte balcones de roble tallado, y seis ventanitas. Y sucedió que de repente, en una noche de mucho calor, salió de la tierra, delante de las seis ventanas, un roble enorme con ramas tan gruesas y tanto follaje que dejó a oscuras el palacio del rey. Era un árbol encantado, y no había hacha que pudiera echarlo a tierra, porque se le mellaba el filo en lo duro del tronco, y por cada rama que le cortaban salían dos. El rey ofreció dar tres sacos llenos de pesos a quien le quitara de encima al palacio aquel arbolón; pero allí se estaba el roble, echando ramas y raíces, y el rey tuvo que conformarse con encender luces de día.

Y eso no era todo. Por aquel país, hasta de las piedras del camino salían los manantiales; pero en el palacio no había agua. La gente del palacio se lavaba las manos con cerveza y se afeitaba con miel. El rey había prometido hacer marqués y dar muchas tierras y dinero al que ha abriese en el patio del castillo un pozo donde se pudiera guardar agua para todo el año. Pero nadie se llevó el premio, porque el palacio estaba en una roca, y en cuanto se escarbaba la tierra de arriba, salía debajo la capa de granito. Como una pulgada nada más había de tierra floja.

Los reyes son caprichosos, y este reyecito quería salirse con su gusto. Mandó pregoneros que fueran clavando por todos los pueblos y caminos de su reino el cartel sellado con las armas reales, donde ofrecía casar a su hija con el que cortara el árbol y abriese el pozo, y darle además la mitad de sus tierras. Las tierras eran de lo mejor para sembrar, y la princesa tenía fama de inteligente y hermosa; así es que empezó a venir de todas partes un ejército de hombres forzudos, con el hacha al hombro y el pico al brazo. Pero todas las hachas se mellaban contra el roble, y todos los picos se rompían contra la roca.

Los tres hijos del campesino oyeron el pregón, y tomaron el camino del palacio, sin creer que iban a casarse con la princesa, sino que encontrarían entre tanta gente algún trabajo. Los tres iban anda que anda, Pedro siempre contento, Pablo hablándose solo, y Meñique saltando de acá para allá, metiéndose por todas las veredas y escondrijos, viéndolo todo con sus ojos brillantes de ardilla. A cada paso tenía algo nuevo que preguntar a sus hermanos: que por qué las abejas metían la cabecita en las flores, que por qué las golondrinas volaban tan cerca del agua, que por qué no volaban derecho las mariposas. Pedro se echaba a reír, y Pablo se encogía de hombros y lo mandaba callar.

Caminando, caminando, llegaron a un pinar muy espeso que cubría todo un monte, y oyeron un ruido grande, como de un hacha, y de árboles que caían allá en lo más alto.

—Yo quisiera saber por qué andan allá arriba cortando leña—dijo Meñique.

—Todo lo quiere saber el que no sabe nada—dijo Pablo, medio gruñendo.

—Parece que este muñeco no ha oído nunca cortar leña—dijo Pedro, torciéndole el cachete a Meñique de un buen pellizco.

—Yo voy a ver lo que hacen allá arriba—dijo Meñique.

—Anda, ridículo, que ya bajarás bien cansado, por no creer lo que te dicen tus hermanos mayores.

Y de ramas en piedras, gateando y saltando, subió Meñique por donde venía el sonido. Y ¿qué encontró Meñique en lo alto del monte? Pues un hacha encantada, que cortaba sola, y estaba echando abajo un pino muy recio.

—Buenos días, señora hacha—dijo Meñique;—¿no está cansada de cortar tan solita ese árbol tan viejo?

—Hace muchos años, hijo mío, que estoy esperando por ti—respondió el hacha.

—Pues aquí me tiene—dijo Meñique.

Y sin ponerse a temblar, ni preguntar más, metió el hacha en su gran saco de cuero, y bajó el monte, brincando y cantando.

—¿Qué vio allá arriba el que todo lo quiere saber?—preguntó Pablo, sacando el labio de abajo, y mirando a Meñique como una torre a un alfiler.

—Pues el hacha que oíamos—le contestó Meñique.

—Ya ve el chiquitín la tontería de meterse por nada en esos sudores—le dijo Pedro el gordo.

A poco andar ya era de piedra todo el camino, y se oyó un ruido que venía de lejos, como de un hierro que golpease en una roca.

—Yo quisiera saber quién anda allá lejos picando piedras—dijo Meñique.

—Aquí está un pichón que acaba de salir del huevo, y no ha oído nunca al pájaro carpintero picoteando en un tronco—dijo Pablo.

—Quédate con nosotros, hijo, que eso no es más que el pájaro carpintero que picotea en un tronco—dijo Pedro.

—Yo voy a ver lo que pasa allá lejos.

Y aquí de rodillas, y allá medio a rastras, subió la roca Meñique, oyendo como se reían a carcajadas Pedro y Pablo. ¿Y qué encontró Meñique allá en la roca? Pues un pico encantado, que picaba solo, y estaba abriendo la roca como si fuese mantequilla.

—Buenos días, señor pico—dijo Meñique:—¿no está cansado de picar tan solito en esa roca vieja?

—Hace muchos años, hijo mío, que estoy esperando por ti—respondió el pico.

—Pues aquí me tiene—dijo Meñique.

Y sin pizca de miedo le echó mano al pico, lo sacó del mango, los metió aparte en su gran saco de cuero, y bajó por aquellas piedras, retozando y cantando.

—¿Y qué milagro vio por allá su señoría?—preguntó Pablo, con los bigotes de punta.

—Era un pico lo que oímos—respondió Meñique, y siguió andando sin decir más palabra.

Más adelante encontraron un arroyo, y se detuvieron a beber, porque era mucho el calor.

—Yo quisiera saber—dijo Meñique—de dónde sale tanta agua en un valle tan llano como éste.

—¡Grandísimo pretencioso—dijo Pablo;—que en todo quiere meter la nariz! ¿No sabes que los manantiales salen de la tierra?

—Yo voy a ver de dónde sale esta agua.

Y los hermanos se quedaron diciendo picardías; pero Meñique echó a andar por la orilla del arroyo, que se iba estrechando, estrechando, hasta que no era más que un hilo. Y ¿qué encontró Meñique cuando llegó al fin? Pues una cáscara de nuez encantada, de donde salía a borbotones el agua clara chispeando al sol.

—Buenos días, señor arroyo—dijo Meñique;—¿no está cansado de vivir tan solito en su rincón, manando agua?

—Hace muchos años, hijo mío, que estoy esperando por ti—respondió el arroyo.

—Pues aquí me tiene—dijo Meñique.

Y sin el menor susto tomó la cáscara de nuez, la envolvió bien en musgo fresco para que no se saliera el agua, la puso en su gran saco de cuero, y se volvió por donde vino, saltando y cantando.

—¿Ya sabes de dónde viene el agua?—le gritó Pedro.

—Sí, hermano; viene de un agujerito.

—¡Oh, a este amigo se lo come el talento! ¡Por eso no crece!—dijo Pablo, el paliducho.

—Yo he visto lo que quería ver, y sé lo que quería saber—se dijo Meñique a sí mismo. Y siguió su camino, frotándose las manos.

—III—

Por fin llegaron al palacio del rey. El roble crecía más que nunca, el pozo no lo habían podido abrir, y en la puerta estaba el cartel sellado con las armas reales, donde prometía el rey casar a su hija y dar la mitad de su reino a quienquiera que cortase el roble y abriese el pozo, fuera señor de la corte, o vasallo acomodado, o pobre campesino. Pero el rey, cansado de tanta prueba inútil, había hecho clavar debajo del cartelón otro cartel más pequeño, que decía con letras coloradas:

«Sepan los hombres por este cartel, que el rey y señor, como buen rey que es, se ha dignado mandar que le corten las orejas debajo del mismo roble al que venga a cortar el árbol o abrir el pozo, y no corte, ni abra; para enseñarle a conocerse a sí mismo y a ser modesto, que es la primera lección de la sabiduría.»

Y alrededor de este cartel había clavadas treinta orejas sanguinolentas, cortadas por la raíz de la piel a quince hombres que se creyeron más fuertes de lo que eran.

Al leer este aviso, Pedro se echó a reír, se retorció los bigotes, se miró los brazos, con aquellos músculos que parecían cuerdas, le dio al hacha dos vuelos por encima de su cabeza, y de un golpe echó abajo una de las ramas más gruesas del árbol maldito. Pero enseguida salieron dos ramas poderosas en el punto mismo del hachazo, y los soldados del rey le cortaron las orejas sin más ceremonia.

—¡Inutilón!—dijo Pablo, y se fue al tronco, hacha en mano, y le cortó de un golpe una gran raíz. Pero salieron dos raíces enormes en vez de una.

Y el rey furioso mandó que le cortaran las orejas a aquel que no quiso aprender en la cabeza de su hermano.

Pero a Meñique no se le achicó el corazón, y se le echó al roble encima.

—¡Quítenme a ese enano de ahí!—dijo el rey—¡y si no se quiere quitar, córtenle las orejas!

—Señor rey, tu palabra es sagrada. La palabra de un hombre es ley, señor rey. Yo tengo derecho por tu cartel a probar mi fortuna. Ya tendrás tiempo de cortarme las orejas, si no corto el árbol.

—Y la nariz te la rebanarán también, si no lo cortas.

Meñique sacó con mucha faena el hacha encantada de su gran saco de cuero. El hacha era más grande que Meñique. Y Meñique le dijo: «¡Corta, hacha, corta!»

Y el hacha cortó, tajo, astilló, derribó las ramas, cercenó el tronco, arrancó las raíces, limpió la tierra en redondo, a derecha y a izquierda, y tanta leña apiló del árbol en trizas, que el palacio se calentó con el roble todo aquel invierno.

Cuando ya no quedaba del árbol una sola hoja, Meñique fue donde estaba el rey sentado junto a la princesa, y los saludó con mucha cortesía.

—¿Dígame el rey ahora dónde quiere que le abra el pozo su criado? Y toda la corte fue al patio del palacio con el rey, a ver abrir el pozo. El rey subió a un estrado más alto que los asientos de los demás; la princesa tenía su silla en un escalón más bajo, y miraba con susto a aquel hominicaco que le iban a dar para marido.

Meñique, sereno como una rosa, abrió su gran saco de cuero, metió el mango en el pico, lo puso en el lugar que marcó el rey, y le dijo: «¡Cava, pico, cava!»

Y el pico empezó a cavar, y el granito a saltar en pedazos, y en menos de un cuarto de hora quedó abierto un pozo de cien pies.

—¿Le parece a mi rey que este pozo es bastante hondo?

—Es hondo; pero no tiene agua.

—Agua tendrá—dijo Meñique. Metió el brazo en el gran saco de cuero, le quitó el musgo a la cáscara de nuez, y puso la cáscara en una fuente que habían llenado de flores. Y cuando ya estaba bien dentro de la tierra, dijo: «¡Brota, agua, brota!»

Y el agua empezó a brotar por entre las flores con un suave murmullo refrescó el aire del patio, y cayó en cascadas tan abundantes que al cuarto de hora ya el pozo estaba lleno, y fue preciso abrir un canal que llevase afuera el agua sobrante.

—Y ahora—dijo Meñique, poniendo en tierra una rodilla,—¿cree mi rey que he hecho todo lo que me pedía?

—Sí, marqués Meñique—respondió el rey,—y te daré la mitad de mi reino; o mejor, te compraré en lo que vale tu mitad, con la contribución que les voy a imponer a mis vasallos, que se alegrarán mucho de pagar porque su rey y señor tenga agua buena; pero con mi hija no te puedo casar, porque ésa es cosa en que yo solo no soy dueño.

—¿Y qué más quiere que haga, rey?—dijo Meñique, parándose en las puntas de los pies, con la manecita en la cadera, y mirando a la princesa cara a cara.

—Mañana se te dirá, marqués Meñique—le dijo el rey;—vete ahora a dormir a la mejor cama de mi palacio.

Pero Meñique, en cuanto se fue el rey, salió a buscar a sus hermanos, que parecían dos perros ratoneros, con las orejas cortadas.

—Díganme, hermanos, si no hice bien en querer saberlo todo, y ver de dónde venía el agua.

—Fortuna no más, fortuna—dijo Pablo.—La fortuna es ciega, y favorece a los necios.

—Hermanito—dijo Pedro,—con orejas o desorejado creo que está muy bien lo que has hecho, y quisiera que llegara aquí papá para que te viese.

Y Meñique se llevó a dormir a camas buenas a sus dos hermanos, a Pedro y a Pablo.

—IV—

El rey no pudo dormir aquella noche. No era el agradecimiento lo que le tenía despierto, sino el disgusto de casar a su hija con aquel picolín que cabía en una bota de su padre. Como buen rey que era, ya no quería cumplir lo que prometió; y le estaban zumbando en los oídos las palabras del marqués Meñique: «Señor rey, tu palabra es sagrada. La palabra de un hombre es ley, rey».

Mandó el rey a buscar a Pedro y a Pablo, porque ellos no más le podían decir quiénes eran los padres de Meñique, y si era Meñique persona de buen carácter y de modales finos, como quieren los suegros que sean sus yernos, porque la vida sin cortesía es más amarga que la cuasia y que la retama. Pedro dijo de Meñique muchas cosas buenas, que pusieron al rey de mal humor; pero Pablo dejó al rey muy contento, porque le dijo que el marqués era un pedante aventurero, un trasto con bigotes, una uña venenosa, un garbanzo lleno de ambición, indigno de casarse con señora tan principal como la hija del gran rey que le había hecho la honra de cortarle las orejas: «Es tan vano ese macacuelo—dijo Pablo— que se cree capaz de pelear con un gigante. Por aquí cerca hay uno que tiene muerta de miedo a la gente del campo, porque se les lleva para sus festines todas sus ovejas y sus vacas. Y Meñique no se cansa de decir que él puede echarse al gigante de criado.»

—Eso es lo que vamos a ver—dijo el rey satisfecho. Y durmió muy tranquilo lo que faltaba de la noche. Y dicen que sonreía en sueños, como si estuviera pensando en algo agradable.

En cuanto salió el sol, el rey hizo llamar a Meñique delante de toda su corte. Y vino Meñique fresco como la mañana, risueño como el cielo, galán como una flor.

—Yerno querido—dijo el rey,—un hombre de tu honradez no puede casarse con mujer tan rica como la princesa, sin ponerle casa grande, con criados que la sirvan como se debe servir en el palacio real. En este bosque hay un gigante de veinte pies de alto, que se almuerza un buey entero, y cuando tiene sed al mediodía se bebe un melonar. Figúrate qué hermoso criado no hará ese gigante con un sombrero de tres picos, una casaca galoneada, con charreteras de oro, y una alabarda de quince pies. Ese es el regalo que te pide mi hija antes de decidirse a casarse contigo.

—No es cosa fácil—respondió Meñique,—pero trataré de regalarle el gigante, para que le sirva de criado, con su alabarda de quince pies, y su sombrero de tres picos, y su casaca galoneada, con charreteras de oro.

Se fue a la cocina; metió en el gran saco de cuero el hacha encantada, un pan fresco, un pedazo de queso y un cuchillo; se echó el saco a la espalda, y salió andando por el bosque, mientras Pedro lloraba, y Pablo reía, pensando en que no volverá nunca su hermano del bosque del gigante.

En el bosque era tan alta la yerba que Meñique no alcanzaba a ver, y se puso a gritar a voz en cuello: «¡Eh, gigante, gigante! ¿dónde anda el gigante? Aquí está Meñique, que viene a llevarse al gigante muerto o vivo».

—Y aquí estoy yo—dijo el gigante, con un vocerrón que hizo encogerse a los árboles de miedo,—aquí estoy yo, que vengo a tragarte de un bocado.

—No estés tan de prisa, amigo—dijo Meñique, con una vocecita de flautín,—no estés tan de prisa, que yo tengo una hora para hablar contigo.

Y el gigante volvía a todos lados la cabeza, sin saber quién le hablaba, hasta que le ocurrió bajar los ojos, y allá abajo, pequeñito como un pitirre, vio a Meñique sentado en un tronco, con el gran saco de cuero entre las rodillas.

—¿Eres tú, grandísimo pícaro, el que me has quitado el sueño?—dijo el gigante, comiéndoselo con los ojos que parecían llamas.

—Yo soy, amigo, yo soy, que vengo a que seas criado mío.

—Con la punta del dedo te voy a echar allá arriba en el nido del cuervo, para que te saque los ojos, en castigo de haber entrado sin licencia en mi bosque.

—No estés tan de prisa, amigo, que este bosque es tan mío como tuyo; y si dices una palabra más, te lo echo abajo en un cuarto de hora.

—Eso quisiera ver—dijo el gigantón.

Meñique sacó su hacha, y le dijo: «¡Corta, hacha, corta!» Y el hacha cortó, tajó, astilló, derribó ramas, cercenó troncos, arrancó raíces, limpió la tierra en redondo, a derecha y a izquierda, y los árboles caían sobre el gigante como cae el granizo sobre los vidrios en el temporal.

—Para, para—dijo asustado el gigante,—¿quién eres tú, que puedes echarme abajo mi bosque?

—Soy el gran hechicero Meñique, y con una palabra que le diga a mi hacha te corta la cabeza. Tú no sabes con quién estás hablando. ¡Quieto donde estás!

Y el gigante se quedó quieto, con las manos a los lados, mientras Meñique abría su gran saco de cuero, y se puso a comer su queso y su pan.

—¿Qué es eso blanco que comes?—preguntó el gigante, que nunca había visto queso.

—Piedras como no más, y por eso soy más fuerte que tú, que comes la carne que engorda. Soy más fuerte que tú. Enséñame tu casa.

Y el gigante, manso como un perro, echó a andar por delante, hasta que llegó a una casa enorme, con una puerta donde cabía un barco de tres palos, y un balcón como un teatro vacío.

—Oye—le dijo Meñique al gigante:—uno de los dos tiene que ser amo del otro. Vamos a hacer un trato. Si yo no puedo hacer lo que tú hagas, yo seré criado tuyo; si tú no puedes hacer lo que haga yo, tú serás mi criado.

—Trato hecho—dijo el gigante;—me gustaría tener de criado un hombre como tú, porque me cansa pensar, y tú tienes cabeza para dos. Vaya, pues; ahí están mis dos cubos: ve a traerme el agua para la comida.

Meñique levantó la cabeza y vio los dos cubos, que eran como dos tanques, de diez pies de alto, y seis pies de un borde a otro. Más fácil le era a Meñique ahogarse en aquellos cubos que cargarlos.

—¡Hola!—dijo el gigante, abriendo la boca terrible;—a la primera ya estás vencido. Haz lo que yo hago, amigo, y cárgame el agua.

—¿Y para qué la he de cargar?—dijo Meñique.—Carga tú, que eres bestia de carga. Yo iré donde está el arroyo, y lo traeré en brazos, y te llenaré los cubos, y tendrás tu agua.

—No, no—dijo el gigante,—que ya me dejaste el bosque sin árboles, y ahora me vas a dejar sin agua que beber. Enciende el fuego, que yo traeré el agua.

Meñique encendió el fuego, y en el caldero que colgaba del techo fue echando el gigante un buey entero, cortado en pedazos, y una carga de nabos, y cuatro cestos de zanahorias, y cincuenta coles. Y de tiempo en tiempo espumaba el guiso con una sartén, y lo probaba, y le echaba sal y tomillo, hasta que lo encontró bueno.

—A la mesa, que ya está la comida—dijo el gigante;—y a ver si haces lo que hago yo, que me voy a comer todo este buey, y te voy a comer a ti de postres.

—Está bien, amigo—dijo Meñique. Pero antes de sentarse se metió debajo de la chaqueta la boca de su gran saco de cuero, que le llegaba del pescuezo a los pies.

Y el gigante comía y comía, y Meñique no se quedaba atrás, sólo que no echaba en la boca las coles, y las zanahorias, y los nabos, y los pedazos del buey, sino en el gran saco de cuero.

—¡Uf! ¡ya no puedo comer más!—dijo el gigante;—tengo que sacarme un botón del chaleco.

—Pues mírame a mí, gigante infeliz—dijo Meñique, y se echó una col entera en el saco.

—¡Uha!—dijo el gigante;—tengo que sacarme otro botón. ¡Qué estómago de avestruz tiene este hombrecito! Bien se ve que estás hecho a comer piedras.

—Anda, perezoso—dijo Meñique,—come como yo—y se echó en el saco un gran trozo de buey.

—¡Paff!—dijo el gigante,—se me saltó el tercer botón: ya no me cabe un chícharo: ¿cómo te va a ti, hechicero?

—¿A mí?—dijo Meñique;—no hay cosa más fácil que hacer un poco de lugar.

Y se abrió con el cuchillo de arriba abajo la chaqueta y el gran saco de cuero.

—Ahora te toca a ti—dijo al gigante;—haz lo que yo hago.

—Muchas gracias—dijo el gigante.—Prefiero ser tu criado. Yo no puedo digerir las piedras.

Besó el gigante la mano de Meñique en señal de respeto, se lo sentó en el hombro derecho, se echó al izquierdo un saco lleno de monedas de oro, y salió andando por el camino del palacio.

—V—

En el palacio estaban de gran fiesta, sin acordarse de Meñique, ni de que le debían el agua y la luz; cuando de repente oyeron un gran ruido, que hizo bailar las paredes, como si una mano portentosa sacudiese el mundo. Era el gigante, que no cabía por el portón, y lo había echado abajo de un puntapié. Todos salieron a las ventanas a averiguar la causa de aquel ruido, y vieron a Meñique sentado con mucha tranquilidad en el hombro del gigante, que tocaba con la cabeza el balcón donde estaba el mismo rey. Saltó al balcón Meñique, hincó una rodilla delante de la princesa y le habló así: «Princesa y dueña mía, tú deseabas un criado y aquí están dos a tus pies».

Este galante discurso, que fue publicado al otro día en el diario de la corte, dejó pasmado al rey, que no halló excusa que dar para que no se casara Meñique con su hija.

—Hija—le dijo en voz baja,—sacrifícate por la palabra de tu padre el rey.

—Hija de rey o hija de campesino—respondió ella,—la mujer debe casarse con quien sea de su gusto. Déjame, padre, defenderme en esto que me interesa. Meñique—siguió diciendo en alta voz la princesa,—eres valiente y afortunado, pero eso no basta para agradar a las mujeres.

—Ya lo sé, princesa y dueña mía; es necesario hacerles su voluntad, y obedecer sus caprichos.

—Veo que eres hombre de talento—dijo la princesa.—Puesto que sabes adivinar tan bien, voy a ponerte una última prueba, antes de casarme contigo. Vamos a ver quién es más inteligente, si tú o yo. Si pierdes, quedo libre para ser de otro marido.

Meñique la saludó con gran reverencia. La corte entera fue a ver la prueba a la sala del trono, donde encontraron al gigante sentado en el suelo con la alabarda por delante y el sombrero en las rodillas, porque no cabía en la sala de lo alto que era. Meñique le hizo una seña, y él echó a andar acurrucado, tocando el techo con la espalda y con la alabarda a rastras, hasta que llegó adonde estaba Meñique, y se echó a sus pies, orgulloso de que vieran que tenía a hombre de tanto ingenio por amo.

—Empezaremos con una bufonada—dijo la princesa.—Cuentan que las mujeres dicen muchas mentiras. Vamos a ver quien de los dos dice una mentira más grande. El primero que diga: «¡Eso es demasiado!» pierde.

—Por servirte, princesa y dueña mía, mentiré de juego y diré la verdad con toda el alma.

—Estoy segura—dijo la princesa—de que tu padre no tiene tantas tierras como el mío. Cuando dos pastores tocan el cuerno en las tierras de mi padre al anochecer, ninguno de los dos oye el cuerno del otro pastor.

—Eso es una bicoca—dijo Meñique.—Mi padre tiene tantas tierras que una ternerita de dos meses que entra por una punta es ya vaca lechera cuando sale por la otra.

—Eso no me asombra—dijo la princesa.—En tu corral no hay un toro tan grande como el de mi corral. Dos hombres sentados en los cuernos no pueden tocarse con un aguijón de veinte pies cada uno.

—Eso es una bicoca—dijo Meñique.—La cabeza del toro de mi casa es tan grande que un hombre montado en un cuerno no puede ver al que está montado en el otro.

—Eso no me asombra—dijo la princesa.—En tu casa no dan las vacas tanta leche como en mi casa, porque nosotros llenamos cada mañana veinte toneles, y sacamos de cada ordeño una pila de queso tan alta como la pirámide de Egipto.

—Eso es una bicoca—dijo Meñique.—En la lechería de mi casa hacen unos quesos tan grandes que un día la yegua se cayó en la artesa, y no la encontramos sino después de una semana. El pobre animal tenía el espinazo roto, y yo le puse un pino de la nuca a la cola, que le sirvió de espinazo nuevo. Pero una mañanita le salió un ramo al espinazo por encima de la piel, y el ramo creció tanto que yo me subí en él y toqué el cielo. Y en el cielo vi a una señora vestida de blanco, trenzando un cordón con la espuma del mar. Y yo me así del hilo, y el hilo se me reventó, y caí dentro de una cueva de ratones. Y en la cueva de ratones estaban tu padre y mi madre, hilando cada uno en su rueca, como dos viejecitos. Y tu padre hilaba tan mal que mi madre le tiró de las orejas hasta que se le caían a tu padre los bigotes.

—¡Eso es demasiado!—dijo la princesa.—¡A mi padre el rey nadie le ha tirado nunca de las orejas!

—¡Amo, amo!—dijo el gigante.—Ha dicho «¡Eso es demasiado!» La princesa es nuestra.

—VI—

—Todavía no—dijo la princesa, poniéndose colorada.—Tengo que ponerte tres enigmas, a que me los adivines, y si adivinas bien, enseguida nos casamos. Dime primero: ¿qué es lo que siempre está cayendo y nunca se rompe?

—¡Oh!—dijo Meñique;—mi madre me arrullaba con ese cuento: ¡es la cascada!

—Dime ahora—preguntó la princesa, ya con mucho miedo:—¿quién es el que anda todos los días el mismo camino y nunca se vuelve atrás?

—¡Oh!—dijo Meñique;—mi madre me arrullaba con ese cuento: ¡es el sol!

—El sol es dijo la princesa, blanca de rabia.—Ya no queda más que un enigma. ¿En qué piensas tú y no pienso yo? ¿qué es lo que yo pienso, y tú no piensas? ¿qué es lo que no pensamos ni tú ni yo?

Meñique bajó la cabeza como el que duda, y se le veía en la cara el miedo de perder.

—Amo—dijo el gigante;—si no adivinas el enigma, no te calientes las entendederas. Hazme una seña, y cargo con la princesa.

—Cállate, criado dijo Meñique;—bien sabes tú que la fuerza no sirve para todo. Déjame pensar.

—Princesa y dueña mía—dijo Meñique, después de unos instantes en que se oía correr la luz.— Apenas me atrevo a descifrar tu enigma, aunque veo en él mi felicidad. Yo pienso en que entiendo lo que me quieres decir, y tú piensas en que yo no lo entiendo. Tú piensas, como noble princesa que eres, en que este criado tuyo no es indigno de ser tu marido, y yo no pienso que haya logrado merecerte. Y en lo que ni yo ni tú pensamos es en que el rey tu padre y este gigante infeliz tienen tan pobres...

—Cállate—dijo la princesa;—aquí está mi mano de esposa, marqués Meñique.

—¿Qué es eso que piensas de mí, que lo quiero saber?—preguntó el rey.

—Padre y señor—dijo la princesa, echándose en sus brazos;—que eres el más sabio de los reyes, y el mejor de los hombres.

—Ya lo sé, ya lo sé—dijo el rey;—y ahora, déjenme hacer algo por el bien de mi pueblo. ¡Meñique, te hago duque!

—¡Viva mi amo y señor, el duque Meñique!—gritó el gigante, con una voz que puso azules de miedo a los cortesanos, quebró el estuco del techo, e hizo saltar los vidrios de las seis ventanas.

—VII—

En el casamiento de la princesa con Meñique no hubo mucho de particular, porque de los casamientos no se puede decir al principio, sino luego, cuando empiezan las penas de la vida, y se ve si los casados se ayudan y quieren bien, o si son egoístas y cobardes. Pero el que cuenta el cuento tiene que decir que el gigante estaba tan alegre con el matrimonio de su amo que les iba poniendo su sombrero de tres picos a todos los árboles que encontraba, y cuando salió el carruaje de los novios, que era de nácar puro, con cuatro caballos mansos como palomas, se echó el carruaje a la cabeza, con caballos y todo, y salió corriendo y dando vivas, hasta que los dejó a la puerta del palacio, como deja una madre a su niño en la cuna. Esto se debe decir, porque no es cosa que se ve todos los días.

Por la noche hubo discursos, y poetas que les dijeron versos de bodas a los novios, y lucecitas de color en el jardín, y fuegos artificiales para los criados del rey, y muchas guirnaldas y ramos de flores. Todos cantaban y hablaban, comían dulces, bebían refrescos olorosos, bailaban con mucha elegancia y honestidad al compás de una música de violines, con los violinistas vestidos de seda azul, y su ramito de violeta en el ojal de la casaca. Pero en un rincón había uno que no hablaba ni cantaba, y era Pablo, el envidioso, el paliducho, el desorejado, que no podía ver a su hermano feliz, y se fue al bosque para no oír ni ver, y en el bosque murió, porque los osos se lo comieron en la noche oscura.

Meñique era tan chiquitín que los cortesanos no supieron al principio si debían tratarlo con respeto o verlo como cosa de risa; pero con su bondad y cortesía se ganó el cariño de su mujer y de la corte entera, y cuando murió el rey, entró a mandar, y estuvo de rey cincuenta y dos años. Y dicen que mandó tan bien que sus vasallos nunca quisieron más rey que Meñique, que no tenía gusto sino cuando veía a su pueblo contento, y no les quitaba a los pobres el dinero de su trabajo para dárselo, como otros reyes, a sus amigos holgazanes, o a los matachines que lo defienden de los reyes vecinos. Cuentan de veras que no hubo rey tan bueno como Meñique.

Pero no hay que decir que Meñique era bueno. Bueno tenía que ser un hombre de ingenio tan grande; porque el que es estúpido no es bueno, y el que es bueno no es estúpido. Tener talento es tener buen corazón; el que tiene buen corazón, ése es el que tiene talento. Todos los pícaros son tontos. Los buenos son los que ganan a la larga. Y el que saque de este cuento otra lección mejor, vaya a contarlo en Roma.

Cada uno a su oficio

Fábula nueva del filósofo norteamericano Emerson

La montaña y la ardilla

Tuvieron su querella:

—«¡Váyase usted allá, presumidilla!»

Dijo con furia aquélla;

A lo que respondió la astuta ardilla:

—«Sí que es muy grande usted, muy grande y bella;

Mas de todas las cosas y estaciones

Hay que poner en junto las porciones,

Para formar, señora vocinglera,

Un año y una esfera.

Yo no sé que me ponga nadie tilde

Por ocupar un puesto tan humilde.

Si no soy yo tamaña

Como usted, mi señora la montaña,

Usted no es tan pequeña

Como yo, ni a gimnástica me enseña.

Yo negar no imagino

Que es para las ardillas buen camino

Su magnífica falda:

Difieren los talentos a las veces:

Ni yo llevo los bosques a la espalda,

Ni usted puede, señora, cascar nueces.»

La Ilíada, de Homero

Hace dos mil quinientos años era ya famoso en Grecia el poema de la Ilíada. Unos dicen que lo compuso Homero, el poeta ciego de la barba de rizos, que andaba de pueblo en pueblo cantando sus versos al compás de la lira, como hacían los aedas de entonces. Otros dicen que no hubo Homero, sino que el poema lo fueron componiendo diferentes cantores. Pero no parece que pueda haber trabajo de muchos en un poema donde no cambia el modo de hablar, ni el de pensar, ni el de hacer los versos, y donde desde el principio hasta el fin se ve tan claro el carácter de cada persona que puede decirse quién es por lo que dice o hace, sin necesidad de verle el nombre. Ni es fácil que un mismo pueblo tenga muchos poetas que compongan los versos con tanto sentido y música como los de la *Ilíada*, sin palabras que falten o sobren; ni que todos los diferentes cantores tuvieran el juicio y grandeza de los cantos de Homero, donde parece que es un padre el que habla.

En la *Ilíada* no se cuenta toda la guerra de treinta años de Grecia contra Ilión, que era como le decían entonces a Troya; sino lo que pasó en la guerra cuando los griegos estaban todavía en la llanura asaltando a la ciudad amurallada, y se pelearon por celos los dos griegos famosos, Agamenón y Aquiles. A Agamenón le llamaban el Rey de los Hombres, y era como un rey mayor, que tenía más mando y poder que todos los demás que vinieron de Grecia a pelear contra Troya, cuando el hijo del rey troyano, del viejo Príamo, le robó la mujer a Menelao, que estaba de rey en uno de los pueblos de Grecia, y era hermano de Agamenón. Aquiles era el más valiente de todos los reyes griegos, y hombre amable y culto, que cantaba en la lira las historias de los héroes, y se hacía querer de las mismas esclavas que le tocaban de botín cuando se repartían los prisioneros después de sus victorias. Por una prisionera fue la disputa de los reyes, porque Agamenón se resistía a devolver al sacerdote troyano Crises su hija Criseis, como decía el sacerdote griego Calcas que se debía devolver, para que se calmase en el Olimpo, que era el cielo de entonces, la furia de Apolo, el dios del Sol, que estaba enojado con los griegos porque Agamenón tenía cautiva a la hija de un sacerdote: y Aquiles, que no le tenía miedo a Agamenón, se levantó entre todos los demás, y dijo que se debía hacer lo que Calcas quería, para que se acabase la peste de calor que estaba matando en montones a los griegos, y era tanta que no se veía el cielo nunca claro, por el humo de las piras en que quemaban los cadáveres. Agamenón dijo que devolvería a Criseis, si Aquiles le daba a Briseis, la cautiva que él tenía en su tienda. Y Aquiles le dijo a Agamenón «borracho de ojos de perro y corazón de venado», y sacó la espada de puño de plata para matarlo delante de los reyes; pero la diosa Minerva, que estaba invisible a su lado, le sujetó la mano, cuando tenía la espada a medio sacar. Y Aquiles echó al suelo su cetro de oro, y se sentó, y dijo que no pelearía más a favor de los griegos con sus bravos mirmidones, y que se iba a su tienda.

Así empezó la cólera de Aquiles, que es lo que cuenta la *Ilíada*, desde que se enojó en esa disputa, hasta que el corazón se le enfureció cuando los troyanos le mataron a su amigo Patroc quemándoles los barcos a los griegos y los tenía casi vencidos. No más que con dar Aquiles una voz desde el muro, se echaba atrás el ejército de Troya, como la ola cuando la empuja una corriente contraria de viento, y les temblaban las rodillas a los caballos troyanos. El poema entero está escrito para contar lo que sucedió a los griegos desde que Aquiles se dio por ofendido:—la disputa de los reyes,—el consejo de los dioses del Olimpo, en que deciden los dioses que los troyanos venzan a los griegos, en castigo de la ofensa de Agamenón a Aquiles,—el combate de Paris, hijo de Príamo, con Menelao, el esposo de Helena,—la tregua que hubo entre los dos ejércitos, y el modo con que el arquero troyano Pandaro la rompió con su flechazo a Menelao,—la batalla del primer día, en que el valentísimo Diomedes tuvo casi muerto a Eneas de una pedrada,—la visita de Héctor, el héroe de Troya a su esposa Andrómaca, que lo veía pelear desde el muro,—la batalla del segundo día, en que Diomedes huye en su carro de pelear, perseguido por Héctor vencedor,—la embajada que le mandan los griegos a Aquiles, para que vuelva a ayudarlos en los combates, porque desde que él no pelea están ganando los troyanos,—la batalla de los barcos, en que ni el mismo Ajax puede defender las naves griegas del asalto, hasta que Aquiles consiente en que Patroclo pelee con su armadura,—la muerte de Patroclo,—la vuelta de Aquiles al combate, con la armadura nueva que le hizo el dios Vulcano,—el desafío de Aquiles y Héctor,—la muerte de Héctor,—y las súplicas con que su padre Príamo logra que Aquiles le devuelva el cadáver, para quemarlo en Troya en la pira de honor, y guardar los huesos blancos en una caja de oro. Así se enojó Aquiles, y ésos fueron los sucesos de la guerra, hasta que se le acabó el enojo.

A Aquiles no lo pinta el poema como hijo de hombre, sino de la diosa del mar, de la diosa Tetis. Y eso no es muy extraño, porque todavía hoy dicen los reyes que el derecho de mandar en los pueblos les viene de Dios, que es lo que llaman «el derecho divino de los reyes», y no es más que una idea vieja de aquellos tiempos de pelea, en que los pueblos eran nuevos y no sabían vivir en paz, como viven en el cielo las estrellas, que todas tienen luz aunque son muchas, y cada una brilla aunque tenga al lado otra. Los griegos creían, como los hebreos, y como otros muchos pueblos, que ellos eran la nación favorecida por el creador del mundo, y los únicos hijos del cielo en la tierra. Y como los hombres son soberbios, y no quieren confesar que otro hombre sea más fuerte o más inteligente que ellos, cuando había un hombre fuerte o inteligente que se hacía rey por su poder, decían que era hijo de los dioses. Y los reyes se alegraban de que los pueblos creyesen esto; y los sacerdotes decían que era verdad, para que los reyes les estuvieran agradecidos y los ayudaran. Y así mandaban juntos los sacerdotes y los reyes.

Cada rey tenía en el Olimpo sus parientes, y era hijo, o sobrino, o nieto de un dios, que bajaba del cielo a protegerlo o a castigarlo, según le llevara a los sacerdotes de su templo muchos regalos o pocos; y el sacerdote decía que el dios estaba enojado cuando el regalo era pobre, o que estaba contento, cuando le habían regalado mucha miel y muchas ovejas. Así se ve en la *Ilíada*, que hay como dos historias en el poema, una en la tierra, y en el cielo otra; y que los dioses del cielo son como una familia, sólo que no hablan como personas bien criadas, sino que se pelean y se dicen injurias, lo mismo que los hombres en el mundo. Siempre estaba Júpiter, el rey de los dioses, sin saber qué hacer; porque su hijo Apolo quería proteger a los troyanos, y su mujer Juno a los griegos, lo mismo que su otra hija Minerva; y había en las comidas del cielo grandísimas peleas, y Júpiter le decía a Juno que lo iba a pasar mal si no se callaba enseguida, y Vulcano, el cojo, el sabio del Olimpo, se reía de los chistes y maldades de Apolo, el de pelo colorado, que era el dios travieso. Y los dioses subían y bajaban, a llevar y traer a Júpiter los recados de los troyanos y los griegos; o peleaban sin que se les viera en los carros de sus héroes favorecidos; o se llevaban en brazos por las nubes a su héroe para que no lo acabase de matar el vencedor, con la ayuda del dios contrario. Minerva toma la figura del viejo Néstor, que hablaba dulce como la miel, y aconseja a Agamenón que ataque a Troya. Venus desata el casco de Paris cuando el enemigo Menelao lo va arrastrando del casco por la tierra: y se lleva a Paris por el aire. Venus también se lleva a Eneas, vencido por Diomedes, en sus brazos blancos. En una escaramuza va Minerva guiando el carro de pelear del griego, y Apolo viene contra ella, guiando el carro troyano. Otra vez, cuando por engaño de Minerva dispara Pandaro su arco contra Menelao, la flecha terrible le entró poco a Menelao en la carne, porque Minerva la apartó al caer, como cuando una madre le espanta a su hijo de la cara una mosca. En la *Ilíada* están juntos siempre los dioses y los hombres, como padres e hijos. Y en el cielo suceden las cosas lo mismo que en la tierra; como que son los hombres los que inventan los dioses a su semejanza, y cada pueblo imagina un cielo diferente, con divinidades que viven y piensan lo mismo que el pueblo que las ha creado y las adora en los templos: porque el hombre se ve pequeño ante la naturaleza que lo crea y lo mata, y siente la necesidad de creer en algo poderoso, y de rogarle, para que lo trate bien en el mundo, y para que no le quite la vida. El cielo de los griegos era tan parecido a Grecia, que Júpiter mismo es como un rey de reyes, y una especie de Agamenón, que puede más que los otros, pero no hace todo lo que quiere, sino ha de oírlos y contentarlos, como tuvo que hacer Agamenón con Aquiles. En la *Ilíada*, aunque no lo parece, hay mucha filosofía, y mucha ciencia, y mucha política, y se enseña a los hombres, como sin querer, que los dioses no son en realidad más que poesías de la imaginación, y que los países no se pueden gobernar por el capricho de un tirano, sino por el acuerdo y respeto de los hombres principales que el pueblo escoge para explicar el modo con que quiere que lo gobiernen.

Pero lo hermoso de la *Ilíada* es aquella manera con que pinta el mundo, como si lo viera el hombre por primera vez, y corriese de un lado para otro llorando de amor, con los brazos levantados, preguntándole al cielo quién puede tanto, y dónde está el creador, y cómo compuso y mantuvo tantas maravillas. Y otra hermosura de la Ilíada es el modo de decir las cosas, sin esas palabras fanfarronas que los poetas usan porque les suenan bien; sino con palabras muy pocas y fuertes, como cuando Júpiter consintió en que los griegos perdieran algunas batallas, hasta que se arrepintiesen de la ofensa que le habían hecho a Aquiles, y «cuando dijo que sí, tembló el Olimpo». No busca Homero las comparaciones en las cosas que no se ven, sino en las que se ven: de modo que lo que él cuenta no se olvida, porque es como si se lo hubiera tenido delante de los ojos. Aquellos eran tiempos de pelear, en que cada hombre iba de soldado a defender a su país, o salía por ambición o por celos a atacar a los vecinos; y como no había libros entonces, ni teatros, la diversión era oír al aeda que cantaba en la lira las peleas de los dioses y las batallas de los hombres; y el aeda tenía que hacer reír con las maldades de Apolo y Vulcano, para que no se le cansase la gente del canto serio; y les hablaba de lo que la gente oía con interés, que eran las historias de los héroes y las relaciones de las batallas, en que el aeda decía cosas de médico y de político, para que el pueblo hallase gusto y provecho en oírlo, y diera buena paga y fama al cantor que le enseñaba en sus versos el modo de gobernarse y de curarse. Otra cosa que entre los griegos gustaba mucho era la oratoria, y se tenía como hijo de un dios al que hablaba bien, o hacía llorar o entender a los hombres. Por eso hay en la *Ilíada* tantas descripciones de combates, y tantas curas de heridas, y tantas arengas.

Todo lo que se sabe de los primeros tiempos de los griegos, está en la *Ilíada*. Llamaban rapsodas en Grecia a los cantores que iban de pueblo en pueblo, cantando la *Ilíada* y la *Odisea*, que es otro poema donde Homero cuenta la vuelta de Ulises. Y más poemas parece que compuso Homero, pero otros dicen que ésos no son suyos, aunque el griego Herodoto, que recogió todas las historias de su tiempo, trae noticias de ellos, y muchos versos sueltos, en la vida de Homero que escribió, que es la mejor de las ocho que hay escritas, sin que se sepa de cierto si Herodoto la escribió de veras, o si no la contó muy de prisa y sin pensar, como solía él escribir.

Se siente uno como gigante, o como si estuviera en la cumbre de un monte, con el mar sin fin a los pies, cuando lee aquellos versos de la *Ilíada*, que parecen de letras de piedra. En inglés hay muy buenas traducciones, y el que sepa inglés debe leer la *Ilíada* de Chapman, o la de Dodsley, o la de Landor, que tienen más de Homero que la de Pope, que es la más elegante. El que sepa alemán, lea la de Wolff, que es como leer el griego mismo. El que no sepa francés, apréndalo enseguida, para que goce de toda la hermosura de aquellos tiempos en la traducción de Leconte de Lisle, que hace los versos a la antigua, como si fueran de mármol. En castellano, mejor es no leer la traducción que hay, que es de Hermosilla; porque las palabras de la *Ilíada* están allí, pero no el fuego, el movimiento, la majestad, la divinidad a veces, del poema en que parece que se ve amanecer el mundo,—en que los hombres caen como los robles o como los pinos,—en que el guerrero Ajax defiende a lanzazos su barco de los troyanos más valientes,—en que Héctor de una pedrada echa abajo la puerta de una fortaleza, en que los dos caballos inmortales, Xantos y Balios, lloran de dolor cuando ven muerto a su amo Patroclo,—y las diosas amigas, Juno y Minerva, vienen del cielo en un carro que de cada vuelta de rueda atraviesa tanto espacio como el que un hombre sentado en un monte ve, desde su silla de roca, hasta donde el cielo se junta con el mar.

Cada cuadro de la *Ilíada* es una escena como ésas. Cuando los reyes miedosos dejan solo a Aquiles en su disputa con Agamenón, Aquiles va a llorar a la orilla del mar, donde están desde hace diez años los barcos de los cien mil griegos que atacan a Troya: y la diosa Tetis sale a oírlo, como una bruma que se va levantando de las olas. Tetis sube al cielo, y Júpiter le promete, aunque se enoje Juno, que los troyanos vencerán a los griegos hasta que los reyes se arrepientan de la ofensa a Aquiles. Grandes guerreros hay entre los griegos: Ulises, que era tan alto que andaba entre los demás hombres como un macho entre el rebaño de carneros; Ajax, con el escudo de ocho capas, siete de cuero y una de bronce; Diomedes, que entra en la pelea resplandeciente, devastando como un león hambriento en un rebaño:—pero mientras Aquiles esté ofendido, los vencedores serán los guerreros de Troya: Héctor, el hijo de Príamo; Eneas, el hijo de la diosa Venus; Sarpedón, el más valiente de los reyes que vino a ayudar a Troya, el que subió al cielo en brazos del Sueño y de la Muerte, a que lo besase en la frente su padre Júpiter, cuando lo mató Patroclo de un lanzazo. Los dos ejércitos se acercan a pelear: los griegos, callados, escudo contra escudo; los troyanos dando voces, como ovejas que vienen balando por sus cabritos. Paris desafía a Menelao, y luego se vuelve atrás; pero la misma hermosísima Helena le llama cobarde, y Paris, el príncipe bello que enamora a las mujeres, consiente en pelear, carro a carro, contra Menelao, con lanza, espada y escudo: vienen los heraldos, y echan suertes con dos piedras en un casco, para ver quién disparará primero su lanza. Paris tira el primero, pero Menelao se lo lleva arrastrando, cuando Venus le desata el casco de la barba, y desaparece con Paris en las nubes. Luego es la tregua; hasta que Minerva, vestida como el hijo del troyano Antenor, le aconseja con alevosía a Pandaro que dispare la flecha contra Menelao, la flecha del arco enorme de dos cuernos y la juntura de oro, para que los troyanos queden ante el mundo por traidores, y sea más fácil la victoria de los griegos, los protegidos de Minerva. Dispara Pandaro la flecha: Agamenón va de tienda en tienda levantando a los reyes: entonces es la gran pelea en que Diomedes hiere al mismo dios Marte, que sube al cielo con gritos terribles en una nube de trueno, como cuando sopla el viento del sur; entonces es la hermosa entrevista de Héctor y Andrómaca, cuando el niño no quiere abrazar a Héctor porque le tiene miedo al casco de plumas, y luego juega con el casco, mientras Héctor le dice a Andrómaca que cuide de las cosas de la casa, cuando él vuelva a pelear. Al otro día Héctor y Ajax pelean como jabalíes salvajes hasta que el cielo se oscurece: pelean con piedras cuando ya no tienen lanza ni espada: los heraldos los vienen a separar, y Héctor le regala su espada de puño fino a Ajax, y Ajax le regala a Héctor un cinturón de púrpura.

Esa noche hay banquete entre los griegos, con vinos de miel y bueyes asados; y Diomedes y Ulises entran solos en el campo enemigo a espiar lo que prepara Troya, y vuelven, manchados de sangre, con los caballos y el carro del rey tracio. Al amanecer, la batalla es en el murallón que han levantado los griegos en la playa frente a sus buques. Los troyanos han vencido a los griegos en el llano. Ha habido cien batallas sobre los cuerpos de los héroes muertos. Ulises defiende el cuerpo de Diomedes con su escudo, y los troyanos le caen encima como los perros al jabalí. Desde los muros disparan sus lanzas los reyes griegos contra Héctor victorioso, que ataca por todas partes. Caen los bravos, los de Troya y los de Grecia, como los pinos a los hachazos del leñador. Héctor va de una puerta a otra, como león que tiene hambre. Levanta una piedra de punta que dos hombres no podían levantar, echa abajo la puerta mayor, y corre por sobre los muertos a asaltar los barcos. Cada troyano lleva una antorcha, para incendiar las naves griegas: Ajax, cansado de matar, ya no puede resistir el ataque en la proa de su barco, y dispara de atrás, de la borda: ya el cielo se enrojece con el resplandor de las llamas. Y Aquiles no ayuda todavía a los griegos: no atiende a lo que le dicen los embajadores de Agamenón: no embraza el escudo de oro, no se cuelga del hombro la espada, no salta con los pies ligeros en el carro, no empuña la lanza que ningún hombre podía levantar, la lanza Pelea. Pero le ruega su amigo Patroclo, y consiente en vestirlo con su armadura, y dejarlo ir a pelear. A la vista de las armas de Aquilea, a la vista de los mirmidones, que entran en la batalla apretados como las piedras de un muro, se echan atrás los troyanos miedosos. Patroclo se mete entre ellos, y les mata nueve héroes de cada vuelta del carro. El gran Sarpedón le sale al camino, y con la lanza le atraviesa Patroclo las sienes. Pero olvidó Patroclo el encargo de Aquiles, de que no se llegase muy cerca de los muros. Apolo invencible lo espera al pie de los muros, se le sube al carro, lo aturde de un golpe en la cabeza, echa al suelo el casco de Aquiles, que no había tocado el suelo jamás, le rompe la lanza a Patroclo, y le abre el coselete, para que lo hiera Héctor. Cayó Patroclo, y los caballos divinos lloraron. Cuando Aquiles vio muerto a su amigo, se echó por la tierra, se llenó de arena la cabeza y el rostro, se mesaba a grandes gritos la melena amarilla. Y cuando le trajeron a Patroclo en un ataúd, lloró Aquiles. Subió al cielo su madre, para que Vulcano le hiciera un escudo nuevo, con el dibujo de la tierra y el cielo, y el mar y el sol, y la luna y todos los astros, y una ciudad en paz y otra en guerra, y un viñedo cuando están recogiendo la uva madura, y un niño cantando en una arpa, y una boyada que va a arar, y danzas y músicas de pastores, y alrededor, como un río, el mar: y le hizo un coselete que lucía como el fuego, y un casco con la visera de oro. Cuando salió al muro a dar las tres voces, los troyanos se echaron en tres oleadas contra la ciudad, los caballos rompían con las ancas el carro espantados, y morían hombres y brutos en la confusión, no más que de ver sobre el muro a Aquiles, con una llama sobre la cabeza que resplandecía como el sol de otoño. Ya Agamenón se ha arrepentido, ya el consejo de reyes le han devuelto a Briseis, que llora al ver muerto a Patroclo, porque fue amable y bueno.

Al otro día, al salir el sol, la gente de Troya, como langostas que escapan del incendio, entra aterrada en el río, huyendo de Aquiles, que mata lo mismo que siega la hoz, y de una vuelta del carro se lleva a doce cautivos. Tropieza con Héctor; pero no pueden pelear, porque los dioses les echan de lado las lanzas. En el río era Aquiles como un gran delfín, y los troyanos se despedazaban al huirle, como los peces. De los muros le ruega a Héctor su padre viejo que no pelee con Aquiles: se lo ruega su madre. Aquiles llega: Héctor huye: tres veces le dan vuelta a Troya en los carros. Todo Troya está en los muros, el padre mesándose con las dos manos la barba; la madre con los brazos tendidos, llorando y suplicando. Se para Héctor, y le habla a Aquiles antes de pelear, para que no se lleve su cuerpo muerto si lo vence. Aquiles quiere el cuerpo de Héctor, para quemarlo en los funerales de su amigo Patroclo. Pelean. Minerva está con Aquiles: le dirige los golpes: le trae la lanza, sin que nadie la vea: Héctor, sin lanza ya, arremete contra Aquiles como águila que baja del cielo, con las garras tendidas, sobre un cadáver: Aquiles le va encima, con la cabeza baja, y la lanza Pelea brillándole en la mano como la estrella de la tarde. Por el cuello le mete la lanza a Héctor, que cae muerto, pidiendo a Aquiles que dé su cadáver a Troya. Desde los muros han visto la pelea el padre y la madre. Los griegos vienen sobre el muerto, y lo lancean, y lo vuelven con los pies de un lado a otro, y se burlan. Aquiles manda que le agujereen los tobillos, y metan por los agujeros dos tiras de cuero: y se lo lleva en el carro, arrastrando.

Y entonces levantaron con leños una gran pira para quemar el cuerpo de Patroclo. A Patroclo lo llevaron a la pira en procesión, y cada guerrero se cortó un guedejo de sus cabellos, y lo puso sobre el cadáver; y mataron en sacrificio cuatro caballos de guerra y dos perros; y Aquiles mató con su mano los doce prisioneros y los echó a la pira: y el cadáver de Héctor lo dejaron a un lado, como un perro muerto: y quemaron a Patroclo, enfriaron con vino las cenizas, y las pusieron en una urna de oro. Sobre la urna echaron tierra, hasta que fue como un monte. Y Aquiles amarraba cada mañana por los pies a su carro a Héctor, y le daba vuelta al monte tres veces. Pero a Héctor no se le lastimaba el cuerpo, ni se le acababa la hermosura, porque desde el Olimpo cuidaban de él Venus y Apolo. Y entonces fue la fiesta de los funerales, que duró doce días: primero una carrera con los carros de pelear, que ganó Diomedes; luego una pelea a puñetazos entre dos, hasta que quedó uno como muerto; después una lucha a cuerpo desnudo, de Ulises con Ajax; y la corrida de a pie, que ganó Ulises; y un combate con escudo y lanza; y otro de flechas, para ver quién era el mejor flechero; y otro de lanceadores, para ver quién tiraba más lejos la lanza.

Y una noche, de repente, Aquiles oyó ruido en su tienda, y vio que era Príamo, el padre de Héctor, que había venido sin que lo vieran, con el dios Mercurio,—Príamo, el de la cabeza blanca y la barba blanca,—Príamo, que se le arrodilló a los pies, y le besó las manos muchas veces, y le pedía llorando el cadáver de Héctor. Y Aquiles se levantó, y con sus brazos alzó del suelo a Príamo; y mandó que bañaran de ungüentos olorosos el cadáver de Héctor, y que lo vistiesen con una de las túnicas del gran tesoro que le traía de regalo Príamo; y por la noche comió carne y bebió vino con Príamo, que se fue a acostar por primera vez, porque tenía los ojos pesados. Pero Mercurio le dijo que no debía dormir entre los enemigos, y se lo llevó otra vez a Troya sin que los vieran los griegos. Y hubo paz doce días, para que los troyanos le hicieran el funeral a Héctor. Iba el pueblo detrás, cuando llegó Príamo con él; y Príamo los injuriaba por cobardes, que habían dejado matar a su hijo; y las mujeres lloraban, y los poetas iban cantando, hasta que entraron en la casa. Y lo pusieron en su cama de dormir. Y vino Andrómaca su mujer, y le habló al cadáver. Luego vino su madre Hécuba, y lo llamó hermoso y bueno. Después Helena le habló, y lo llamó cortés y amable. Y todo el pueblo lloraba cuando Príamo se acercó a su hijo, con las manos al cielo, temblándole la barba, y mandó que trajeran leños para la pira. Y nueve días estuvieron trayendo leños, hasta que la pira era más alta que los muros de Troya. Y la quemaron, y apagaron el fuego con vino, y guardaron las cenizas de Héctor en una caja de oro, y cubrieron la caja con un manto de púrpura, y lo pusieron todo en un ataúd, y encima le echaron mucha tierra, hasta que pareció un monte. Y luego hubo gran fiesta en el palacio del rey Príamo. Así acaba la *Ilíada*, y el cuento de la cólera de Aquiles.

Un juego nuevo y otros viejos

Ahora hay en los Estados Unidos un juego muy curioso, que llaman el juego del *burro*. En verano, cuando se oyen muchas carcajadas en una casa, es que están jugando al *burro*. No lo juegan los niños sólo, sino las personas mayores. Y es lo más fácil de hacer. En una hoja de papel grande o en un pedazo de tela blanca se pinta un burro, como del tamaño de un perro. Con carbón vegetal se le puede pintar, porque el carbón de piedra no pinta, sino el otro, el que se hace quemando debajo de una pila de tierra la madera de los árboles. O con un pincel mojado en tinta se puede dibujar también el burro, porque no hay que pintar de negro la figura toda, sino las líneas de afuera, el contorno no más. Se pinta todo el burro, menos la cola. La cola se pinta aparte, en un pedazo de papel o de tela, y luego se recorta, para que parezca una cola de verdad. Y ahí está el juego, en poner la cola al burro donde debe estar. Lo que no es tan fácil como parece; porque al que juega le vendan los ojos, y le dan tres vueltas antes de dejarlo andar. Y él anda, anda; y la gente sujeta la risa. Y unos le clavan al burro la cola en la pezuña, o en las costillas, o en la frente. Y otros la clavan en la hoja de la puerta, creyendo que es el burro.

Dicen en los Estados Unidos que este juego es nuevo, y nunca lo ha habido antes; pero no es muy nuevo, sino otro modo de jugar a la gallina ciega. Es muy curioso; los niños de ahora juegan lo mismo que los niños de antes; la gente de los pueblos que no se han visto nunca, juegan a las mismas cosas. Se habla mucho de los griegos y de los romanos, que vivieron hace dos mil años; pero los niños romanos jugaban a las bolas, lo mismo que nosotros, y las niñas griegas tenían muñecas con pelo de verdad, como las niñas de ahora. En la lámina están unas niñas griegas, poniendo sus muñecas delante de la estatua de Diana, que era como una santa de entonces; porque los griegos creían también que en cielo había santos, y a esta Diana le rezaban las niñas, para que las dejase vivir y las tuviese siempre lindas. No eran las muñecas sólo lo que le llevaban los niños, porque ese caballero de la lámina que mira a la diosa con cara de emperador, le trae su cochecito de madera, para que Diana se monte en el coche cuando salga a cazar, como dicen que salía todas las mañanas. Nunca hubo Diana ninguna, por supuesto. Ni hubo ninguno de los otros dioses a que les rezaban los griegos, en versos muy hermosos, y con procesiones y cantos. Los griegos fueron como todos los pueblos nuevos, que creen que ellos son los amos del mundo, lo mismo que creen los niños; y como ven que del cielo vienen el sol y la lluvia, y que la tierra da el trigo y el maíz, y que en los montes hay pájaros y animales buenos para comer, les rezan a la tierra y a la lluvia, y al monte y al sol, y les ponen nombres de hombres y mujeres, y los pintan con figura humana, porque creen que piensan y quieren lo mismo que ellos, y que deben tener su misma figura. Diana era la diosa del monte. En el museo del Louvre de París hay una estatua de Diana muy hermosa, donde va Diana cazando con su perro, y está tan bien que parece que anda. Las piernas no más son como de hombre, para que se vea que es diosa que camina mucho. Y las niñas griegas querían a su muñeca tanto, que cuando se morían las enterraban con las muñecas.

Todos los juegos no son tan viejos como las bolas, ni como las muñecas, ni como el cricket, ni como la pelota, ni como el columpio, ni como los saltos. La gallina ciega no es tan vieja, aunque hace como mil años que se juega en Francia. Y los niños no saben, cuando les vendan los ojos, que este juego se juega por un caballero muy valiente que hubo en Francia, que se quedó ciego un día de pelea y no soltó la espada ni quiso que lo curasen, sino siguió peleando hasta morir: ése fue el caballero Colin-Maillard.

Luego el rey mandó que en las peleas de juego, que se llamaban torneos, saliera siempre a pelear un caballero con los ojos vendados, para que la gente de Francia no se olvidara de aquel gran valor. Y ahí vino el juego.

Lo que no parece por cierto cosa de hombres es esa diversión en que están entretenidos los amigos de Enrique III, que también fue rey de Francia, pero no un rey bravo y generoso como Enrique IV de Navarra, que vino después, sino un hombrecito ridículo, como esos que no piensan más que en peinarse y empolvarse como las mujeres, y en recortarse en pico la barba. En eso pasaban la vida los amigos del rey: en jugar y en pelearse por celos con los bufones de palacio, que les tenían odio por holgazanes, y se lo decían cara a cara. La pobre Francia estaba en la miseria, y el pueblo trabajador pagaba una gran contribución, para que el rey y sus amigos tuvieran espadas de puño de oro y vestidos de seda. Entonces no había periódicos que dijeran la verdad. Los bufones eran entonces algo como los periódicos, y los reyes no los tenían sólo en sus palacios para que los hicieran reír, sino para que averiguasen lo que sucedía, y les dijesen a los caballeros las verdades, que los bufones decían como en chiste, a los caballeros y a los mismos reyes. Los bufones eran casi siempre hombres muy feos, o flacos, o gordos, o jorobados. Uno de los cuadros más tristes del mundo es el cuadro de los bufones que pintó el español Zamacois. Todos aquellos hombres infelices están esperando a que el rey los llame para hacerle reír, con sus vestidos de picos y de campanillas, de color de mono o de cotorra.

Desnudos como están son más felices que ellos esos negros que bailan en la otra lámina la danza del palo. Los pueblos, lo mismo que los niños, necesitan de tiempo en tiempo algo así como correr mucho, reírse mucho y dar gritos y saltos. Es que en la vida no se puede hacer todo lo que se quiere, y lo que se va quedando sin hacer sale así de tiempo en tiempo, como una locura. Los moros tienen una fiesta de caballos que llaman la «fantasía». Otro pintor español ha pintado muy bien la fiesta: el pobre Fortuny. Se ve en el cuadro los moros que entran a escape en la ciudad, con los caballos tan locos como ellos, y ellos disparando al aire sus espingardas, tendidos sobre el cuello de sus animales, besándolos, mordiéndolos, echándose al suelo sin parar la carrera, y volviéndose a montar. Gritan como si se les abriese el pecho. El aire se ve oscuro de la pólvora. Los hombres de todos los países, blancos o negros, japoneses o indios, necesitan hacer algo hermoso y atrevido, algo de peligro y movimiento, como esa danza del palo de los negros de Nueva Zelandia. En Nueva Zelandia hay mucho calor, y los negros de allí son hombres de cuerpo arrogante, como los que andan mucho a pie, y gente brava, que pelea por su tierra tan bien como danza en el palo. Ellos suben y bajan por las cuerdas, y se van enroscando hasta que la cuerda está a la mitad, y luego se dejan caer. Echan la cuerda a volar, lo mismo que un columpio, y se sujetan de una mano, de los dientes, de un pie, de la rodilla. Rebotan contra el palo, como si fueran pelotas. Se gritan unos a otros y se abrazan.

Los indios de México tenían, cuando vinieron los españoles, esa misma danza del palo. Tenían juegos muy lindos los indios de México. Eran hombres muy finos y trabajadores, y no conocían la pólvora y las balas como los soldados del español Cortés, pero su ciudad era como de plata, y la plata misma la labraban como un encaje, con tanta delicadeza como en la mejor joyería. En sus juegos eran tan ligeros y originales como en sus trabajos. Esa danza del palo fue entre los indios una diversión de mucha agilidad y atrevimiento; porque se echaban desde lo alto del palo, que tenía unas veinte varas, y venían por el aire dando volteos y haciendo pruebas de gimnasio sin sujetarse más que con la soga, que ellos tejían muy fina y fuerte, y llamaban metate. Dicen que estremecía ver aquel atrevimiento; y un libro viejo cuenta que era «horrible y espantoso, que llena de congojas y asusta el mirarlo».

Los ingleses creen que el juego del palo es cosa suya, y que ellos no más saben lucir su habilidad en las ferias con el garrote que empuñan por una punta y por el medio; o con la porra, que juegan muy bien. Los isleños de las Canarias, que son gente de mucha fuerza, creen que el palo no es invención del inglés, sino de las islas; y sí que es cosa de verse un isleño jugando al palo, y haciendo el molinete. Lo mismo que el luchar, que en las Canarias les enseñan a los niños en las escuelas. Y la danza del palo encintado; que es un baile muy difícil en que cada hombre tiene una cinta de un color, y la va trenzando y destrenzando alrededor del palo, haciendo lazos y figuras graciosas, sin equivocarse nunca. Pero los indios de México jugaban al palo tan bien como el inglés más rubio, o el canario de más espaldas; y no era sólo el defenderse con él lo que sabían, sino jugar con el palo a equilibrios, como los que hacen ahora los japoneses y los moros kabilas. Y ya van cinco pueblos que han hecho lo mismo que los indios: los de Nueva Zelandia, los ingleses, los canarios, los japoneses y los moros. Sin contar la pelota, que todas los pueblos la juegan, y entre los indios era una pasión, como que creyeron que el buen jugador era hombre venido del ciclo, y que los dioses mexicanos, que eran diferentes de los dioses griegos, bajaban a decirle cómo debía tirar la pelota y recogerla. Lo de la pelota, que es muy curioso, será para otro día.

Ahora contamos lo del palo, y lo de los equilibrios que los indios hacían con él, que eran de grandísima dificultad. Los indios se acostaban en la tierra, como los japoneses de los circos cuando van a jugar a las bolas o al barril; y en el palo, atravesado sobre las plantas de los pies, sostenían hasta cuatro hombres, que es más que lo de los moros, porque a los moros los sostiene el más fuerte de ellos sobre los hombros, pero no sobre la planta de los pies. *Tzaá* le decían a este juego: dos indios se subían primero en las puntas del palo, dos más se encaramaban sobre estos dos, y los cuatro hacían sin caerse muchas suertes y vueltas. Y los indios tenían su ajedrez, y sus jugadores de manos, que se comían la lana encendida y la echaban por la nariz: pero eso, como la pelota, será para otro día. Porque con los cuentos se ha de hacer lo que decía Chichá, la niña bonita de Guatemala:

—¿Chichá, por qué te comes esa aceituna tan despacio?

—Porque me gusta mucho.

Bebé y el señor don Pomposo

Bebé es un niño magnífico, de cinco años. Tiene el pelo muy rubio, que le cae en rizos por la espalda, como en la lámina de los *Hijos del Rey Eduardo*, que el pícaro Gloucester hizo matar en la Torre de Londres, para hacerse él rey. A Bebé lo visten como al duquecito Fauntleroy, el que no tenía vergüenza de que lo vieran conversando en la calle con los niños pobres. Le ponen pantaloncitos cortos ceñidos a la rodilla, y blusa con cuello de marinero, de dril blanco como los pantalones, y medias de seda colorada, y zapatos bajos. Como lo quieren a él mucho, él quiere mucho a los demás. No es un santo, ¡oh, no!: le tuerce los ojos a su criada francesa cuando no le quiere dar más dulces, y se sentó una vez en visita con las pierna cruzadas, y rompió un día un jarrón muy hermoso, corriendo detrás de un gato. Pero en cuanto ve un niño descalzo le quiere dar todo lo que tiene: a su caballo le lleva azúcar todas las mañanas, y lo llama «caballito de mi alma»; con los criados viejos se está horas y horas, oyéndoles los cuentos de su tierra de África, de cuando ellos eran príncipes y reyes. Y tenían muchas vacas y muchos elefantes: y cada vez que ve Bebé a su mamá, le echa el bracito por la cintura, o se le sienta al lado en la banqueta, a que le cuente cómo crecen las flores, y de dónde le viene la luz al sol y, de qué está hecha la aguja con que cose, y si es verdad que la seda de su vestido la hacen unos gusanos, y si los gusanos van fabricando la tierra, como dijo ayer en la sala aquel señor de espejuelos. Y la madre te dice que sí, que hay unos gusanos que se fabrican unas casitas de seda, largas y redondas, que se llaman capullos; y que es hora de irse a dormir, como los gusanitos, que se meten en el capullo, hasta que salen hechos mariposas.

Y entonces sí que está lindo Bebé, a la hora de acostarse con sus mediecitas caídas, y su color de rosa, como los niños que se bañan mucho, y su camisola de dormir: lo mismo que los angelitos de las pinturas, un angelito sin alas. Abraza mucho a su madre, la abraza muy fuerte, con la cabecita baja, como si quisiera quedarse en su corazón. Y da brincos y vueltas de carnero, y salta en el colchón con los brazos levantados, para ver si alcanza a la mariposa azul que está pintada en el techo. Y se pone a nadar como en el baño; o a hacer como que cepilla la baranda de la cama, porque va a ser carpintero; o rueda por la cama hecho un carretel, con los rizos rubios revueltos con las medias coloradas. Pero esta noche Bebé está muy serio, y no da volteretas como todas las noches, ni se le cuelga del cuello a su mamá para que no se vaya, ni le dice a Luisa, a la francesita, que le cuente el cuento del gran comelón que se murió solo y se comió un melón. Bebé cierra los ojos; pero no está dormido. Bebé está pensando.

La verdad es que Bebé tiene mucho en qué pensar, porque va de viaje a París, como todos los años, para que los médicos buenos le digan a su mamá las medicinas que le van a quitar la tos, esa tos mala que a Bebé no le gusta oír: se le aguan los ojos a Bebé en cuanto oye toser a su mamá: y la abraza muy fuerte, muy fuerte, como si quisiera sujetarla. Esta vez Bebé no va solo a París, porque él no quiere hacer nada solo, como el hombre del melón, sino con un primito suyo que no tiene madre. Su primito Raúl va con él a París, a ver con él al hombre que llama a los pájaros, y la tienda del Louvre, donde les regalan globos a los niños, y el teatro Guiñol, donde hablan los muñecos, y el policía se lleva preso al ladrón, y el hombre bueno le da un coscorrón al hombre malo. Raúl va con Bebé a París. Los dos juntos se van el sábado en el vapor grande, con tres chimeneas. Allí en el cuarto está Raúl con Bebé, el pobre Raúl, que no tiene el pelo rubio, ni va vestido de duquecito, ni lleva medias de seda colorada.

Bebé y Raúl han hecho hoy muchas visitas: han ido con su mamá a ver a los ciegos, que leen con los dedos, en unos libros con las letras muy altas: han ido a la calle de los periódicos, a ver como los niños pobres que no tienen casa donde dormir, compran diarios para venderlos después, y pagar su casa: han ido a un hotel elegante, con criados de casaca azul y pantalón amarillo, a ver a un señor muy flaco y muy estirado, el tío de mamá, el señor Don Pomposo. Bebé está pensando en la visita del señor Don Pomposo. Bebé está pensando.

Con los ojos cerrados, él piensa: él se acuerda de todo. ¡Qué largo, qué largo el tío de mamá, como los palos del telégrafo! ¡Qué leontina tan grande y tan suelta, como la cuerda de saltar! ¡Qué pedrote tan feo, como un pedazo de vidrio, el pedrote de la corbata! ¡Y a mamá no la dejaba mover, y le ponía un cojín detrás de la espalda, y le puso una banqueta en los pies. Y le hablaba como dicen que les hablan a las reinas! Bebé se acuerda de lo que dice el criado viejito, que la gente le habla así a mamá, porque mamá es muy rica, y que a mamá no le gusta eso, porque mamá es buena.

Y Bebé vuelve a pensar en lo sucedió en la visita. En cuanto entró en el cuarto el señor Don Pomposo le dio la mano, como se la dan los hombres a los papás; le puso el sombrerito en la cama, como si fuera una cosa santa, y le dio muchos besos, unos besos feos, que se le pegaban a la cara, como si fueran manchas. Y a Raúl, al pobre Raúl, ni lo saludó, ni le quitó el sombrero, ni le dio un beso. Raúl estaba metido en un sillón, con el sombrero en la mano, y con los ojos muy grandes. Y entonces se levantó Don Pomposo del sofá colorado: «Mira, mira, Bebé, lo que te tengo guardado: esto cuesta mucho dinero, Bebé: esto es para que quieras mucho a tu tío». Y se sacó del bolsillo un llavero como con treinta llaves, y abrió una gaveta que olía a lo que huele el tocador de Luisa, y le trajo a Bebé un sable dorado—¡oh, que sable! ¡oh, qué gran sable!—y le abrochó por la cintura el cinturón de charol—¡oh, qué cinturón tan lujoso!—y le dijo: «Anda, Bebé: mírate al espejo; ése es un sable muy rico: eso no es más que para Bebé, para el niño». Y Bebé, muy contento, volvió la cabeza adonde estaba Raúl, que lo miraba, miraba al sable, con los ojos más grandes que nunca, y con la cara muy triste, como si se fuera a morir:—¡oh, que sable tan feo, tan feo! ¡oh, qué tío tan malo! En todo eso estaba pensando Bebé. Bebé estaba pensando.

El sable está allí, encima del tocador. Bebé levanta la cabeza poquito a poco, para que Luisa no lo oiga, y ve el puño brillante como si fuera de sol, porque la luz de la lámpara da toda en el puño. Así eran los sables de los generales el día de la procesión, lo mismo que el de él. El también, cuando sea grande, va a ser general, con un vestido de dril blanco, y un sombrero con plumas, y muchos soldados detrás, y él en un caballo morado, como el vestido que tenía el obispo. El no ha visto nunca caballos morados, pero se lo mandarán a hacer. Y a Raúl ¿quién le manda hacer caballos? Nadie, nadie: Raúl no tiene mamá que le compre vestidos de duquecito: Raúl no tiene tíos largos que le compren sables. Bebé levanta la cabecita poco a poco: Raúl está dormido: Luisa se ha ido a su cuarto a ponerse olores. Bebé se escurre de la cama, va al tocador en la punta de los pies, levanta el sable despacio, para que no haga ruido... Y ¿qué hace, qué hace Bebé? ¡va riéndose, va riéndose el pícaro! hasta que llega a la almohada de Raúl, y le pone el sable dorado en la almohada.

La última página

La Edad de Oro se despide hoy con pena de sus amigos. Se puso a escribir largo el hombre de *La Edad de Oro*, como quien escribe una carta de cariño para persona a quien quiere mucho, y sucedió que escribió más de lo que cabía en las treinta y dos páginas. Treinta y dos páginas es de veras poco para conversar con los niños queridos, con los que han de ser mañana hábiles como Meñique, y valientes como Bolívar: poetas como Homero ya no podrán ser, porque estos tiempos no son como los de antes, y los aedas de ahora no han de cantar guerras bárbaras de pueblo con pueblo para ver cuál puede más, ni peleas de hombre con hombre para ver quién es más fuerte: lo que ha de hacer el poeta de ahora es aconsejar a los hombres que se quieran bien, y pintar todo lo hermoso del mundo de manera que se vea en los versos como si estuviera pintado con colores, y castigar con la poesía, como con un látigo, a los que quieran quitar a los hombres su libertad, o roben con leyes pícaras el dinero de los pueblos, o quieran que los hombres de su país les obedezcan como ovejas y les laman la mano como perros. Los versos no se han de hacer para decir que se está contento o se está triste, sino para ser útil al mundo, enseñándole que la naturaleza es hermosa, que la vida es un deber, que la muerte no es fea, que nadie debe estar triste ni acobardarse mientras haya libros en las librerías, y luz en el ciclo, y amigos, y madres. El que tenga penas, lea las *Vidas Paralelas* de Plutarco, que dan deseos de ser como aquellos hombres de antes, y mejor, porque ahora la tierra ha vivido más, y se puede ser hombre de más amor y delicadeza. Antes todo se hacía con los puños: ahora, la fuerza está en el saber, más que en los puñetazos; aunque es bueno aprender a defenderse, porque siempre hay gente bestial en el mundo, y porque la fuerza da salud, y porque se ha de estar pronto a pelear, para cuando un pueblo ladrón quiera venir a robarnos nuestro pueblo. Para eso es bueno ser fuerte de cuerpo; pero para lo demás de la vida, la fuerza está en saber mucho, como dice Meñique. En los mismos tiempos de Homero, el que ganó por fin el sitio, y entró en Troya, no fue Ajax el del escudo, ni Aquiles el de la lanza, ni Diomedes el del carro, sino Ulises, que era el hombre de ingenio, y ponía en paz a los envidiosos, y pensaba pronto, lo que no les ocurría a los demás.

Con esta última página está sucediendo lo que con el primer número de *La Edad de Oro*, que no va a caber lo que el amigo de los niños les quería decir, y es que en el número de agosto se publicará una *Historia del Hombre, contada por sus casas*, que no cupo esta vez, historia muy curiosa, donde se cuenta cómo ha vivido el hombre, desde su primera habitación en la tierra, que fue una cueva en la montaña, hasta los palacios en que vive ahora. Ni cupo tampoco una explicación muy entretenida del modo de fabricar *Un cubierto de mesa*. Porque es necesario que los niños no vean, no toquen, no piensen en nada que no sepan explicar. Para eso se publica *La Edad de Oro*. Y para todo lo que quieran preguntar, aquí está el amigo.

Estas últimas páginas serán como el cuarto de confianza de *La Edad de Oro*, donde conversaremos como si estuviésemos en familia. Aquí publicaremos las cartas de nuestras amiguitas: aquí responderemos a las preguntas de los niños: aquí tendremos la *Bolsa de Sellos*, donde el que tenga sellos que mandar, o los quiera comprar, o quiera hacer colección, o preguntar sobre sellos algo que le interese, no tiene más que escribir para lograr lo que desea. Y de cuando en cuando nos hará aquí una visita El *Abuelo Andrés*, que tiene una caja maravillosa con muchas cosas raras, y nos va a enseñar todo lo que tiene en La Caja de las Maravillas.

La historia del hombre, contada por sus casas

Ahora la gente vive en casas grandes, con puertas y ventanas, y patios enlosados, y portales de columnas: pero hace muchos miles de años los hombres no vivían así, ni había países de sesenta millones de habitantes, como hay hoy. En aquellos tiempos no había libros que contasen las cosas: las piedras, los huesos, las conchas, los instrumentos de trabajar son los que enseñan cómo vivían los hombres de antes. Eso es lo que se llama «edad de piedra», cuando los hombres vivían casi desnudos, o vestidos de pieles, peleando con las fieras del bosque, escondidos en las cuevas de la montaña, sin saber que en el mundo había cobre ni hierro allá en los tiempos que llaman «paleolíticos»:—¡palabra larga esta de «paleolíticos»! Ni la piedra sabían entonces los hombres cortar: luego empezaron a darle figura, con unas hachas de pedernal afilado, y ésa fue la edad nueva de piedra, que llaman «neolítica»: *neo*, nueva, *lítica*, de piedra: *paleo*, por supuesto, quiere decir viejo, antiguo. Entonces los hombres vivían en las cuevas de la montaña, donde las fieras no podían subir, o se abrían un agujero en la tierra, y le tapaban la entrada con una puerta de ramas de árbol; o hacían con ramas un techo donde la roca estaba como abierta en dos; o clavaban en el suelo tres palos en pico, y los forraban con las pieles de los animales que cazaban: grandes eran entonces los animales, grandes como montes. En América no parece que vivían así los hombres de aquel tiempo, sino que andaban juntos en pueblos, y no en familias sueltas: todavía se ven las ruinas de los que llaman los «terrapleneros», porque fabricaban con tierra unos paredones en figura de círculo, o de triángulo, o de cuadrado, o de cuatro círculos unos dentro de otros: otros indios vivían en casas de piedra que eran como pueblos, y las llamaban las casas-pueblos, porque allí hubo hasta mil familias a la vez, que no entraban a la casa por puertas, como nosotros, sino por el techo, como hacen ahora los indios zuñis: en otros lugares hay casas de cantos en los agujeros de las rocas, adonde subían agarrándose de unas cortaduras abiertas a pico en la piedra, como una escalera. En todas partes se fueron juntando las familias para defenderse, y haciendo ciudades en las rocas, o en medio de los lagos, que es lo que llaman ciudades lacustres, porque están sobre el agua las casas de troncos de árbol, puestas sobre pilares clavados en lo hondo, o sujetos con piedras al pie, para que el peso tuviese a flote las casas: y a veces juntaban con vigas unas casas con otras, y les ponían alrededor una palizada para defenderse de los vecinos que venían a pelear, o de los animales del monte: la cama era de yerba seca, las tazas eran de madera, las mesas y los asientos eran troncos de árboles. Otros ponían de punta en medio de un bosque tres piedras grandes, y una chata encima, como techo, con una cerca de piedras, pero estos dólmenes no eran para vivir, sino para enterrar sus muertos, o para ir a oír a los viejos y los sabios cuando cambiaba la estación, o había guerra, o tenían que elegir rey: y para recordar cada cosa de éstas clavaban en el suelo una piedra grande, como una columna, que llamaban «menhir» en Europa, y que los indios mayas llamaban «katún»; porque los mayas de Yucatán no sabían que del otro lado del mar viviera el pueblo galo, en donde está Francia ahora, pero hacían lo mismo que los galos, y que los germanos, que vivían donde está ahora Alemania. Estudiando se aprende eso: que el hombre es el mismo en todas partes, y aparece y crece de la misma manera, y hace y piensa las mismas cosas, sin más diferencia que la de la tierra en que vive, porque el hombre que nace en tierra de árboles y de flores piensa más en la hermosura y el adorno, y tiene más cosas que decir, que el que nace en una tierra fría, donde ve el cielo oscuro y su cueva en la roca. Y otra cosa se aprende, y es que donde nace el hombre salvaje, sin saber que hay ya pueblos en el mundo, empieza a vivir lo mismo que vivieron los hombres de hace miles de años. Junto a la ciudad de Zaragoza, en España, hay familias que viven en agujeros abiertos en la tierra del monte: en Dakota, en los Estados Unidos, los que van a abrir el país viven en covachas, con techos de ramas, como en la edad neolítica: en las orillas del Orinoco, en la América del Sur, los indios viven en ciudades lacustres, lo mismo que las que había hace cientos de siglos en los lagos de Suiza: el indio norteamericano le pone a rastras a su caballo los tres palos de su tipi, que es una tienda de pieles, como la que los hombres neolíticos levantaban en los desiertos: el negro de África hace hoy su casa con las paredes de tierra y el techo de ramas, lo mismo que el germano de antes, y deja alto el quicio como el germano lo dejaba, para que no entrasen las serpientes. No es que hubo una edad de piedra, en que todos los pueblos vivían a la vez del mismo modo; y luego otra de bronce, cuando los hombres empezaron a trabajar el metal, y luego otra edad de hierro. Hay pueblos que viven, como Francia ahora, en lo más hermoso de la edad de hierro, con su torre de Eiffel que se entra por las nubes: y otros pueblos que viven en la edad de piedra, como el indio que fabrica su casa en las ramas de los árboles, y con su lanza de pedernal sale a matar los pájaros del bosque y a ensartar en el aire los peces voladores del río. Pero los pueblos de ahora crecen más de prisa, porque se juntan con los pueblos más viejos, y aprenden con ellos lo que no saben; no como antes, que tenían que ir poco a poco descubriéndolo todo ellos mismos. La edad de piedra fue al empezar a vivir, que los hombres andaban errantes huyendo de los animales, y vivían hoy acá y mañana allá, y no sabían que eran buenos de comer los frutos de la tierra. Luego los hombres encontraron el cobre, que era más blando que el pedernal, y el estaño, que era más blando que el cobre, y vieron que con el fuego se le sacaba el metal a la roca, y que con el estaño y cobre juntos se hacía un metal nuevo, muy bueno para hachas y lanzas y cuchillos, y para cortar la piedra. Cuando los pueblos empiezan a saber cómo se trabaja el metal, y a juntar el cobre con el estaño, entonces están en su edad de bronce. Hay pueblos que han llegado a la edad de hierro sin pasar por la de bronce, porque el hierro es el metal de su tierra, y con él empezaron a trabajar, sin saber que en el mundo había cobre ni estaño. Cuando los hombres de Europa vivían en la edad de bronce, ya hicieron casas mejores, aunque no tan labradas y perfectas como las de los peruanos y mexicanos de América, en quienes estuvieron siempre juntas las dos edades, porque siguieron trabajando con pedernal cuando ya tenían sus minas de oro, y sus templos con soles de oro como el cielo, y sus huacas, que eran los cementerios del Perú, donde ponían a los muertos con las prendas y jarros que usaban en vida. La casa del indio peruano era de mampostería, y de dos pisos, con las ventanas muy en alto, y las puertas más anchas por debajo que por la cornisa, que solía ser de piedra tallada, de trabajo fino. El mexicano no hacía su casa tan fuerte, sino más ornada, como en país donde hay muchos árboles y pájaros. En el techo había como escalones, donde ponían las figuras de sus santos, como ahora ponen mucho en los altares figuras de niños, y piernas y brazos de plata: adornaban las paredes con piedras labradas, y con fajas como de cuentas o de hilos trenzados, imitando las grecas y fimbrias que les bordaban sus mujeres en las túnicas: en las salas de adentro labraban las cabezas de las vigas, figurando sus dioses, sus animales o sus héroes, y por fuera ponían en las esquinas unas canales de curva graciosa, como imitando plumas. De lejos brillaban las casas con el sol, como si fueran de plata.

En los pueblos de Europa es donde se ven más claras las tres edades, y mejor mientras más al Norte, porque allí los hombres vivieron solos, cada uno en su pueblo, por siglos de siglos, y como empezaron a vivir por el mismo tiempo, se nota que aunque no se conocían unos a otros, iban adelantando del mismo modo. La tierra va echando capas conforme van pasando siglos: la tierra es como un pastel de hojaldres, que tiene muchas capas una sobre otra, capas de piedra dura, y a veces viene de adentro, de lo hondo del mundo, una masa de roca que rompe las capas acostadas, y sale al aire libre, y se queda por encima de la tierra, como un gigante regañón, o como una fiera enojada, echando por el cráter humo y fuego: así se hacen los montes y los volcanes. Por esas capas de la tierra es por donde se sabe cómo ha vivido el hombre, porque en cada una hay enterrados huesos de él, y restos de los animales y árboles de aquella edad, y vasos y hachas; y comparando las capas de un lugar con las de otro se ve que los hombres viven en todas partes casi del mismo modo en cada edad de la tierra: sólo que la tierra tarda mucho en pasar de una edad a otra, y en echarse una capa nueva, y así sucede lo de los romanos y los bretones de Inglaterra en tiempo de Julio César, que cuando los romanos tenían palacios de mármol con estatuas de oro, y usaban trajes de lana muy fina, la gente de Bretaña vivía en cuevas, y se vestía con las pieles salvajes, y peleaba con mazas hechas de los troncos duros.

En esos pueblos viejos sí se puede ver cómo fue adelantando el hombre, porque después de las capas de la edad de piedra, donde todo lo que se encuentra es de pedernal, vienen las otras capas de la edad de bronce, con muchas cosas hechas de la mezcla del cobre y estaño, y luego vienen las capas de arriba, las de los últimos tiempos, que llaman la edad de hierro, cuando el hombre aprendió que el hierro se ablandaba al fuego fuerte, y que con el hierro blando podía hacer martillos para romper la roca, y lanzas para pelear, y picos y cuchillas para trabajar la tierra: entonces es cuando ya se ven casas de piedra y de madera, con patios y cuartos, imitando siempre los casucos de rocas puestas unas sobre otras sin mezcla ninguna, o las tiendas de pieles de sus desiertos y llanos: lo que sí se ve es que desde que vino al mundo le gustó al hombre copiar en dibujo las cosas que veía, porque hasta las cavernas más oscuras donde habitaron las familias salvajes están llenas de figuras talladas o pintadas en la roca, y por los montes y las orillas de los ríos se ven manos, y signos raros, y pinturas de animales, que ya estaban allí desde hacía muchos siglos cuando vinieron a vivir en el país los pueblos de ahora. Y se ve también que todos los pueblos han cuidado mucho de enterrar a los muertos con gran respeto y han fabricado monumentos altos, como para estar más cerca del cielo, como nosotros hacemos ahora con las torres. Los terraplaneros hacían montañas de tierra, donde sepultaban los cadáveres: los mexicanos ponían sus templos en la cumbre de unas pirámides muy altas: los peruanos tenían su «chulpa» de piedra que era una torre ancha por arriba, como un puño de bastón: en la isla de Cerdeña hay unos torreones que llaman «nuragh», que nadie sabe de qué pueblo eran; y los egipcios levantaron con piedras enormes sus pirámides, y con el pórfido más duro hicieron sus obeliscos famosos, donde escribían su historia con los signos que llaman «jeroglíficos».

Ya los tiempos de los egipcios empiezan a llamarse «tiempos históricos» porque se puede escribir su historia con lo que se sabe de ellos: esos otros pueblos de las primeras edades se llaman pueblos «prehistóricos», de antes de la historia, o pueblos primitivos. Pero la verdad es que en esos mismos pueblos históricos hay todavía mucho prehistórico, porque se tiene que ir adivinando para ver dónde y cómo vivieron. ¿Quién sabe cuándo fabricaron los quechuas sus acueductos y sus caminos y sus calzadas en el Perú; ni cuándo los chibchas de Colombia empezaron a hacer sus dijes y sus jarros de oro; ni qué pueblo vivió en Yucatán antes que los mayas que encontraron allí los españoles; ni de dónde vino la raza desconocida que levantó los terraplenes y las casas-pueblos en la América del Norte? Casi lo mismo sucede con los pueblos de Europa; aunque allí se ve que los hombres aparecieron a la vez, como nacidos de la tierra, en muchos lugares diferentes; pero que donde había menos frío y era mas alto el país fue donde vivió primero el hombre: y como que allí empezó a vivir, allí fue donde llegó más pronto a saber, y a descubrir los metales, y a fabricar, y de allí, con las guerras, y las inundaciones, y el deseo de ver el mundo, fueron bajando los hombres por la tierra y el mar. En lo más elevado y fértil del continente es donde se civilizó el hombre trasatlántico primero. En nuestra América sucede lo mismo: en las altiplanicies de México y del Perú, en los valles altos y de buena tierra, fue donde tuvo sus mejores pueblos el indio americano. En el continente trasatlántico parece que Egipto fue el pueblo más viejo, y de allí fueron entrando los hombres por lo que se llama ahora Persia y Asia Menor, y vinieron a Grecia, buscando la libertad y la novedad, y en Grecia levantaron los edificios más perfectos del mundo, y escribieron los libros más bien compuestos y hermosos. Había pueblos nacidos en todos estos países, pero los que venían de los pueblos viejos sabían más, y los derrotaban en la guerra, o les enseñaban lo que sabían, y se juntaban con ellos. Del norte de Europa venían otros hombres más fuertes, hechos a pelear con las fieras y a vivir en el frío: y de lo que se llama ahora Indostán salió huyendo, después de una gran guerra, la gente de la montaña, y se juntó con los europeos de las tierras frías, que bajaron luego del Norte a pelear con los romanos, porque los romanos habían ido a quitarles su libertad, y porque era gente pobre y feroz, que le tenía envidia a Roma, porque era sabia y rica, y como hija de Grecia. Así han ido viajando los pueblos en el mundo, como las corrientes van por la mar, y por el aire los vientos.

Egipto es como el pueblo padre del continente trasatlántico: el pueblo más antiguo de todos aquellos países «clásicos». Y la casa del egipcio es como su pueblo fue, graciosa y elegante. Era riquísimo el Egipto, como que el gran río Nilo crecía todos los años, y con el barro que dejaba al secarse nacían muy bien las siembras: así que las casas estaban como en alto, por miedo a las inundaciones. Como allá hay muchas palmeras, las columnas de las casas eran finas y altas, como las palmas; y encima del segundo piso tenían otro sin paredes, con un techo chato, donde pasaban la tarde al aire fresco, viendo el Nilo lleno de barcos que iban y venían con sus viajeros y sus cargas, y el cielo de la tarde, que es de color de oro y azafrán. Las paredes y los techos están llenos de pinturas de su historia y religión; y les gustaba el color tanto, que hasta la estera con que cubrían el piso era de hebras decolores diferentes.

Los hebreos vivieron como esclavos en el Egipto mucho tiempo, y eran los que mejor sabían hacer ladrillos. Luego, cuando su libertad, hicieron sus casas con ladrillos crudos, como nuestros adobes, y el techo era de vigas de sicomoro, que es su árbol querido. El techo tenía un borde como las azoteas, porque con el calor subía la gente allí a dormir, y la ley mandaba que fabricasen los techos con muro, para que no cayese la gente a tierra. Solían hacer sus casas como el templo que fabricó su gran rey Salomón, que era cuadrado, con las puertas anchas de abajo y estrechas por la comisa, y dos columnas al lado de la puerta.

Por aquellas tierras vivían los asirios, que fueron pueblo guerreador, que les ponía a sus casas torres, como para ver más de lejos al enemigo, y las torres eran de almenas, como para disparar el arco desde seguro. No tenían ventanas, sino que les venía la luz del techo. Sobre las puertas ponían a veces piedras talladas con alguna figura misteriosa, como un toro con cabeza de hombre, o una cabeza con alas.

Los fenicios fabricaron sus casas y monumentos con piedras sin labrar, que ponían unas sobre otras como los etruscos; pero como eran gente navegante, que vivía del comercio, empezaron pronto a imitar las casas de los pueblos que veían más, que eran los hebreos y los egipcios, y luego las de los persas, que conquistaron en guerra el país de Fenicia. Y así fueron sus casas, con la entrada hebrea, y la parte alta como las casas de Egipto, o como las de Persia.

Los persas fueron pueblo de mucho poder, como que hubo tiempo en que todos esos pueblos de los alrededores vivían como esclavos suyos. Persia es tierra de joyas: los vestidos de los hombres, las mantas de los caballos, los puños de los sables, todo está allí lleno de joyas. Usan mucho del verde, del rojo y del amarillo. Todo les gusta de mucho color, y muy brillante y esmaltado. Les gustan las fuentes, los jardines, los velos de hilo de plata, la pedrería fina. Todavía hoy son así los persas; y ya en aquellos tiempos eran sus casas de ladrillos de colores, pero no de techo chato como las de los egipcios y hebreos, sino con una cúpula redonda, como imitando la bóveda del cielo. En un patio estaba el baño, en que echaban olores muy finos; y en las casas ricas había patios cuadrados, con muchas columnas alrededor, y en medio una fuente, entre jarrones de flores. Las columnas eran de muchos trozos y dibujos, pintados de colores, con fajas y canales, y el capitel hecho con cuerpos de animales, de pecho verde y collar de oro.

Junto a Persia está el Indostán, que es de los pueblos más viejos del mundo, y tiene templos de oro, trabajados como trabajan en las platerías la filigrana, y otros templos cavados en la roca, y figuras de su dios Buda cortadas a pico en la montaña. Sus templos, sus sepulcros, sus palacios, sus casas, son como su poesía, que parece escrita con colores sobre marfil, y dice las cosas como entre hojas y flores. Hay templo en el Indostán que tiene catorce pisos, como la pagoda de Tanjore, y está todo labrado, desde los cimientos hasta la cúpula. Y la casa de los hindús de antes era como las pagodas de Lahore o las de Cachemira, con los techos y balcones muy adornados y con muchas vueltas, y a la entrada la escalinata sin baranda. Otras casas tenían torreones en la esquina, y el terrado como los egipcios, corrido y sin las torres. Pero lo hermoso de las casas hindús era la fantasía de los adornos, que son como un trenzado que nunca se acaba, de flores y de plumas.

En Grecia no era así, sino todo blanco y sencillo, sin lujos de colorines. En la casa de los griegos no había ventanas, porque para el griego fue siempre la casa un lugar sagrado, donde no debía mirar el extranjero. Eran las casas pequeñas, como sus monumentos, pero muy lindas y alegres, con su rosal y su estatua a la puerta, y dentro el corredor de columnas, donde pasaba los días la familia, que sólo en la noche iba a los cuartos, reducidos y oscuros. El comedor y el corredor era lo que amueblaban, y eso con pocos muebles: en las paredes ponían en nichos sus jarros preciosos: las sillas tenían filetes tallados, como los que solían ponerles a las puertas, que eran anchas de abajo y con la cornisa adornada de dibujos de palmas y madreselvas. Dicen que en el mundo no hay edificio más bello que el Partenón, como que allí no están los adornos por el gusto de adornar, que es lo que hace la gente ignorante con sus casas y vestidos, sino que la hermosura viene de una especie de música que se siente y no se oye, porque el tamaño está calculado de manera que venga bien con el color, y no hay cosa que no sea precisa, ni adorno sino donde no pueda estorbar. Parece que tienen alma las piedras de Grecia. Son modestas, y como amigas del que las ve. Se entran como amigas por el corazón. Parece que hablan.

Los etruscos vivieron al norte de Italia, en sus doce ciudades famosas, y fueron un pueblo original, que tuvo su gobierno y su religión, y un arte parecido al de los griegos, aunque les gustaba más la burla y la extravagancia, y usaban mucho color. Todo lo pintaban, como los persas; y en las paredes de sus sepulturas hay caballos con la cabeza amarilla y la cola azul. Mientras fueron república libre, los etruscos vivían dichosos, con maestros muy buenos de medicina y astronomía, y hombres que hablaban bien de los deberes de la vida y de la composición del mundo. Era célebre Etruria por sus sabios, y por sus jarros de barro negro, con figuras de relieve, y por sus estatuas y sarcófagos de tierra cocida, y por sus pinturas en los muros, y sus trabajos en metal. Pero con la esclavitud se hicieron viciosos y ricos, como sus dueños los romanos. Vivían en palacios, y no en sus casas de antes; y su gusto mayor era comer horas enteras acostados. La casa etrusca de antes era de un piso, con un terrado de baranda, y el techo de aleros caídos. Pintaban en las paredes sus fiestas y sus ceremonias, con retratos y caricaturas, y sabían dibujar sus figuras como si se las viera en movimiento.

La casa de los romanos fue primero como la de los etruscos, poro luego conocieron a Grecia, y la imitaron en sus casas, como en todo. El atrio al principio fue la casa entera, y después no era más que el portal, de donde se iba por un pasadizo al patio interior, rodeado de columnas, adonde daban los cuartos ricos del señor, que para cada cosa tenía un cuarto diferente: el cuarto de comer daba al corredor, lo mismo que la sala y el cuarto de la familia, que por el otro lado abría sobre un jardín. Adornaban las paredes con dibujos y figuras de colores brillantes, y en los recodos había muchos nichos con jarras y estatuas. Si la casa estaba en calle de mucha gente, hacían cuartos con puerta a la calle, y los alquilaban para tiendas. Cuando la puerta estaba abierta se podía ver hasta el fondo del jardín. El jardín, el patio y el atrio tenían alrededor en muchas casas una arquería. Luego Roma fue dueña de todos los países que tenía alrededor, hasta que tuvo tantos pueblos que no los pudo gobernar, y cada pueblo se fue haciendo libre y nombrando su rey, que era el guerrero más poderoso de todos los del país, y vivía en su castillo de piedra, con torres y portalones, como todos los que llamaban «señores» en aquel tiempo de pelear; y la gente de trabajo vivía alrededor de los castillos, en casuchos infelices. Pero el poder de Roma había sido muy grande, y en todas partes había puentes y arcos y acueductos y templos como los de los romanos; sólo que por el lado de Francia, donde había muchos castillos, iban haciendo las fábricas nuevas, y las iglesias sobre todo, como si fueran a la vez fortalezas y templos, que es lo que llaman «arquitectura románica» y del lado de los persas y de los árabes, por donde está ahora Turquía, les ponían a los monumentos tanta riqueza y color que parecían las iglesias cuevas de oro, por lo grande y lo resplandeciente: de modo que cuando los pueblos nuevos del lado de Francia empezaron a tener ciudades, las casas fueron de portales oscuros y de muchos techos de pico, como las iglesias románicas; y del lado de Turquía eran las casas como palacios, con las columnas de piedras ricas, y el suelo de muchas piedrecitas de color, y las pinturas de la pared con el fondo de oro, y los cristales dorados: había barandas en las casas bizantinas hechas con una mezcla de todos los metales, que lucía como fuego: era feo y pesado tanto adorno en las casas, que parecen sepulturas de hombre vanidoso, ahora que están vacías.

En España habían mandado también los romanos; pero los moros vinieron luego a conquistar, y fabricaron aquellos templos suyos que llaman mezquitas, y aquellos palacios que parecen cosa de sueño, como si ya no se viviese en el mundo, sino en otro mundo de encaje y de flores: las puertas eran pequeñas, pero con tantos arcos que parecían grandes: las columnas delgadas sostenían los arcos de herradura, que acababan en pico, como abriéndose para ir al cielo: el techo era de madera fina, pero todo tallado, con sus letras moras y sus cabezas de caballos: las paredes estaban cubiertas de dibujos, lo mismo que una alfombra: en los patios de mármol había laureles y fuentes: parecían como el tejido de un velo aquellos balcones.

Con las guerras y las amistades se fueron juntando aquellos pueblos diferentes, y cuando ya el rey pudo más que los señores de los castillos, y todos los hombres creían en el cielo nuevo de los cristianos, empezaron a hacer las iglesias «góticas» con sus arcos de pico, y sus torres como agujas que llegaban a las nubes, y sus pórticos bordados, y sus ventanas de colores. Y las torres cada vez más altas; porque cada iglesia quería tener su torre más alta que las otras; y las casas las hacían así también, y, los muebles. Pero los adornos llegaron a ser muchos, y los cristianos empezaron a no creer en el cielo tanto como antes. Hablaban mucho de lo grande que fue Roma: celebraban el arte griego por sencillo: decían que ya eran muchas las iglesias: buscaban modos nuevos de hacer los palacios: y de todo eso vino una manera de fabricar parecida a la griega, que es lo que llaman arquitectura del «Renacimiento»: pero como en el arte gótico de la «ojiva» había mucha beldad, ya no volvieron a ser las casas de tanta sencillez, sino que las adornaron con las esquinas graciosas, las ventanas altas, y los balcones elegantes de la arquitectura gótica. Eran tiempos de arte y riqueza, y de grandes conquistas, así que había muchos señores y comerciantes con palacio. Nunca habían vivido los hombres, ni han vuelto a vivir, en casas tan hermosas. Los pueblos de otras razas, donde se sabe poco de los europeos, peleaban por su cuenta o se hacían amigos, y se aprendían su arte especial unos de otros, de modo que se ve algo de pagoda hindú en todo lo de Asia, y hay picos como los de los palacios de Lahore en las casas japonesas, que parecen cosa de aire y de encanto, o casitas de jugar, con sus corredores de barandas finas y sus paredes de mimbre o de estera. Hasta en la casa del eslavo y del ruso se ven las curvas revueltas y los techos de punta de los pueblos hindús. En nuestra América las casas tienen algo de romano y de moro, porque moro y romano era el pueblo español que mandó en América, y echó abajo las casas de los indios. Las echó abajo de raíz: echó abajo sus templos, sus observatorios, sus torres de señales, sus casas de vivir, todo lo indio lo quemaron los conquistadores españoles y lo echaron abajo, menos las calzadas, porque no sabían llevar las piedras que supieron traer los indios, y los acueductos, porque les traían el agua de beber.

Ahora todos los pueblos del mundo se conocen mejor y se visitan: y en cada pueblo hay su modo de fabricar, según haya frío o calor, o sean de una raza o de otra; pero lo que parece nuevo en las ciudades no es su manera de hacer casas, sino que en cada ciudad hay casas moras, y griegas, y góticas, y bizantinas, y japonesas, como si empezara el tiempo feliz en que los hombres se tratan como amigos, y se van juntando.

Los dos príncipes.

Idea de la poetisa norteamericana Helen Hunt Jackson

El palacio está de luto

Y en el trono llora el rey,

Y la reina está llorando

Donde no la pueden ver:

En pañuelos de holán fino

Lloran la reina y el rey:

Los señores del palacio

Están llorando también.

Los caballos llevan negro

El penacho y el arnés:

Los caballos no han comido,

Porque no quieren comer:

El laurel del patio grande

Quedó sin hoja esta vez:

Todo el mundo fue al entierro

Con coronas de laurel:

—¡El hijo del rey se ha muerto!

¡Se le ha muerto el hijo al rey!

En los álamos del monte

Tiene su casa el pastor:

La pastora está diciendo

«¿Por qué tiene luz el sol?»

Las ovejas, cabizbajas,

Vienen todas al portón:

¡Una caja larga y honda

Está forrando el pastor!

Entra y sale un perro triste:

Canta allá adentro una voz

«¡Pajarito, yo estoy loca,

Llévame donde él voló!»:

El pastor coge llorando

La pala y el azadón:

Abre en la tierra una fosa:

Echa en la fosa una flor:

—¡Se quedó el pastor sin hijo!

¡Murió el hijo del pastor!

Nené traviesa.

¡Quién sabe si hay una niña que se parezca a Nené! Un viejito que sabe mucho dice que todas las niñas son como Nené. A Nené le gusta más jugar a «mamá», o «a tiendas», o «a hacer dulces» con sus muñecas, que dar la lección de «treses y de cuatros» con la maestra que le viene a enseñar. Porque Nené no tiene mamá: su mamá se ha muerto: y por eso tiene Nené maestra. A hacer dulces es a lo que le gusta más a Nené jugar: ¿y por qué será?: ¡quién sabe! Será porque para jugar a hacer dulces le dan azúcar de veras: por cierto que los dulces nunca le salen bien de la primera vez: ¡son unos dulces más difíciles!: siempre tiene que pedir azúcar dos veces. Y se conoce que Nené no les quiere dar trabajo a sus amigas; porque cuando juega a paseo, o a comprar, o a visitar, siempre llama a sus amiguitas; pero cuando va a hacer dulces, nunca. Y una vez le sucedió a Nené una cosa muy rara: le pidió a su papá dos centavos para comprar un lápiz nuevo, y se le olvidó en el camino, se le olvidó como si no hubiera pensado nunca en comprar el lápiz: lo que compró fue un merengue de fresa. Eso se supo, por supuesto; y desde entonces sus amiguitas no le dicen Nené, sino «Merengue de Fresa».

El padre de Nené la quería mucho. Dicen que no trabajaba bien cuando no había visto por la mañana a «la hijita». El no le decía «Nené», sino «la hijita». Cuando su papá venía del trabajo, siempre salía ella a recibirlo con los brazos abiertos, como un pajarito que abre las alas para volar; y su papá la alzaba del suelo, como quien coge de un rosal una rosa. Ella lo miraba con mucho cariño, como si le preguntase cosas: y él la miraba con los ojos tristes, como si quisiese echarse a llorar. Pero enseguida se ponía contento, se montaba a Nené en el hombro, y entraban juntos en la casa, cantando el himno nacional. Siempre traía el papá de Nené algún libro nuevo, y se lo dejaba ver cuando tenía figuras; y a ella le gustaban mucho unos libros que él traía, donde estaban pintadas las estrellas, que tiene cada una su nombre y su color: y allí decía el nombre de la estrella colorada, y el de la amarilla, y el de la azul, y que la luz tiene siete colores, y que las estrellas pasean por el cielo, lo mismo que las niñas por un jardín. Pero no: lo mismo no: porque las niñas andan en los jardines de aquí para allá, como una hoja de flor que va empujando el viento, mientras que las estrellas van siempre en el cielo por un mismo camino, y no por donde quieren: ¿quién sabe?: puede ser que haya por allá arriba quien cuide a las estrellas, como los papás cuidan acá en la tierra a las niñas. Sólo que las estrellas no son niñas, por supuesto, ni flores de luz, como parece de aquí abajo, sino grandes como este mundo: y dicen que en las estrellas hay árboles, y agua, y gente como acá: y su papá dice que en un libro hablan de que uno se va a vivir a una estrella cuando se muere. «Y dime, papá», le preguntó Nené: «¿por qué ponen las casas de los muertos tan tristes? Si yo me muero, yo no quiero ver a nadie llorar, sino que me toquen la música, porque me voy a ir a vivir en la estrella azul.» «¿Pero, sola, tú sola, sin tu pobre papá?» Y Nené le dijo a su papá:—«¡Malo, que crees eso!» Esa noche no se quiso ir a dormir temprano, sino que se durmió en los brazos de su papá. ¡Los papás se quedan muy tristes, cuando se muere en la casa la madre! Las niñitas deben querer mucho, mucho a los papás cuando se les muere la madre.

Esa noche que hablaron de las estrellas trajo el papá de Nené un libro muy grande: ¡oh, cómo pesaba el libro!: Nené lo quiso cargar, y se cayó con el libro encima: no se le veía más que la cabecita rubia de un lado, y los zapaticos negros de otro. Su papá vino corriendo, y la sacó de debajo del libro, y se rió mucho de Nené, que no tenía seis años todavía y quería cargar un libro de cien años. ¡Cien años tenía el libro, y no le habían salido barbas!: Nené había visto un viejito de cien años, pero el viejito tenía una barba muy larga, que le daba por la cintura. Y lo que dice la muestra de escribir, que los libros buenos son como los viejos: «Un libro bueno es lo mismo que un amigo, viejo»: eso dice la muestra de escribir. Nené se acostó muy callada, pensando en el libro. ¿Qué libro era aquél, que su papá no quiso que ella lo tocase? Cuando se despertó, en eso no más pensaba Nené. Ella quiere saber qué libro es aquél. Ella quiere saber cómo está hecho por dentro un libro de cien años que no tiene barbas.

Su papá está lejos, lejos de la casa, trabajando para ella, para que la niña tenga casa linda y coma dulces finos los domingos, para comprarle a la niña vestiditos blancos y cintas azules, para guardar un poco de dinero, no vaya a ser que se muera el papá, y se quede sin nada en el mundo «la hijita». Lejos de la casa está el pobre papá, trabajando para «la hijita». La criada está allá adentro, preparando el baño. Nadie oye a Nené: no la está viendo nadie. Su papá deja siempre abierto el cuarto de los libros. Allí está la sillita de Nené, que se sienta de noche en la mesa de escribir, a ver trabajar a su papá. Cinco pasitos, seis, siete... ya está Nené en la puerta: ya la empujó; ya entró. ¡Las cosas que suceden! Como si la estuviera esperando estaba abierto en su silla el libro viejo, abierto de medio a medio. Pasito a pasito se le acercó Nené, muy seria, y como cuando uno piensa mucho, que camina con las manos a la espalda. Por nada en el mundo hubiera tocado Nené el libro: verlo no más, no más que verlo. Su papá le dijo que no lo tocase.

El libro no tiene barbas: le salen muchas cintas y marcas por entre las hojas, pero ésas no son barbas: ¡el que sí es barbudo es el gigante que está pintado en el libro!: y es de colores la pintura, unos colores de esmalte que lucen, como el brazalete que le regaló su papá. ¡Ahora no pintan los libros así! El gigante está sentado en el pico de un monte, con una cosa revuelta, como las nubes, del cielo, encima de la cabeza: no tiene más que un ojo, encima de la nariz: está vestido con un blusón, como los pastores, un blusón verde, lo mismo que el campo, con estrellas pintadas, de plata y de oro y la barba es muy larga, muy larga, que llega al pie del monte: y por cada mechón de la barba va subiendo un hombre, como sube la cuerda para ir al trapecio el hombre del circo. ¡Oh, eso no se puede ver de lejos! Nené tiene que bajar el libro de la silla. ¡Cómo pesa este pícaro libro! Ahora sí que se puede ver bien todo. Ya está el libro en el suelo.

Son cinco los hombres que suben: uno es un blanco, con casaca y con botas, y de barba también: ¡le gustan mucho a este pintor las barbas!: otro es como indio, sí, como indio, con una corona de plumas, y la flecha a la espalda: el otro es chino, lo mismo que el cocinero, pero va con un traje como de señora, todo lleno de flores: el otro se parece al chino, y lleva un sombrero de pico, así como una pera: el otro es negro, un negro muy bonito, pero está sin vestir: ¡eso no está bien, sin vestir! ¡por eso no quería su papá que ella tocase el libro! No: esa hoja no se ve más, para que no se enoje su papá. ¡Muy bonito que es este libro viejo! Y Nené está ya casi acostada sobre el libro, y como si quisiera hablarle con los ojos.

¡Por poco se rompe la hoja! Pero no, no se rompió. Hasta la mitad no más se rompió. El papá de Nené no ve bien. Eso no lo va a ver nadie. ¡Ahora sí que está bueno el libro este! Es mejor, mucho mejor que el arca de Noé. Aquí están pintados todos los animales del mundo. ¡Y con colores, como el gigante! Sí, ésta es, ésta es la jirafa, comiéndose la luna: éste es el elefante, el elefante, con ese sillón lleno de niñitos. ¡Oh, los perros, cómo corre, cómo corre este perro! ¡ven acá, perro! ¡te voy a pegar, perro, porque no quieres venir! Y Nené, por supuesto, arranca la hoja. ¿Y qué ve mi señora Nené? Un mundo de monos es la otra pintura. Las dos hojas del libro están llenas de monos: un mono colorado juega con un monito verde: un monazo de barba le muerde la cola a un mono tremendo, que anda como un hombre, con un palo en la mano: un mono negro está jugando en la yerba con otro amarillo: ¡aquéllos, aquellos de los árboles son los monos niños! ¡qué graciosos! ¡cómo juegan! ¡se mecen por la cola, como el columpio! ¡qué bien, qué bien saltan! ¡uno, dos, tres, cinco, ocho, dieciséis, cuarenta y nueve monos agarrados por la cola! ¡se van a tirar al río! ¡se van a tirar al río! ¡visst! ¡allá van todos! Y Nené, entusiasmada, arranca al libro las dos hojas. ¿Quién llama a Nené, quién la llama? Su papá, su papá, que está mirándola desde la puerta.

Nené no ve. Nené no oye. Le parece que su papá crece, que crece mucho, que llega hasta el techo, que es más grande que el gigante del monte, que su papá es un monte que se le viene encima. Está callada, callada, con la cabeza baja, con los ojos cerrados, con las hojas rotas en las manos caídas. Y su papá le está hablando:—«¿Nené, no te dije que no tocaras ese libro? ¿Nené, tú no sabes que ese libro no es mío, y que vale mucho dinero, mucho? ¿Nené, tú no sabes que para pagar ese libro voy a tener que trabajar un año?»—Nené, blanca como el papel, se alzó del suelo, con la cabecita caída, y se abrazó a las rodillas de su papá:—«Mi papá», dijo Nené «¡mi papá de mi corazón! ¡Enojé a mi papá bueno! ¡Soy mala niña! ¡Ya no voy a poder ir cuando me muera a la estrella azul!»

La perla de la mora

Una mora de Trípoli tenía

Una perla rosada, una gran perla:

Y la echó con desdén al mar un día:

—«¡Siempre la misma! ¡ya me cansa verla!»

Pocos años después, junto a la roca

De Trípoli... ¡la gente llora al verla!

Así le dice al mar la mora loca:

—«¡Oh mar! ¡oh mar! ¡devuélveme mi perla!»

Las ruinas indias.

No habría poema más triste y hermoso que el que se puede sacar de la historia americana. No se puede leer sin ternura, y sin ver como flores y plumas por el aire, uno de esos buenos libros viejos forrados de pergamino, que hablan de la América de los indios, de sus ciudades y de sus fiestas, del mérito de sus artes y de la gracia de sus costumbres. Unos vivían aislados y sencillos, sin vestidos y sin necesidades, como pueblos acabados de nacer; y empezaban a pintar sus figuras extrañas en las rocas de la orilla de los ríos, donde es más solo el bosque, y el hombre piensa más en las maravillas del mundo. Otros eran pueblos de más edad, y vivían en tribus, en aldeas de cañas o de adobes, comiendo lo que cazaban y pescaban, y peleando con sus vecinos. Otros eran ya pueblos hechos, con ciudades de ciento cuarenta mil casas, y palacios adornados de pinturas de oro. Y gran comercio en las calles y en las plazas, y templos de mármol con estatuas gigantescas de sus dioses. Sus obras no se parecen a las de los demás pueblos, sino como se parece un hombre a otro. Ellos fueron inocentes, supersticiosos y terribles. Ellos imaginaron su gobierno, su religión, su arte, su guerra, su arquitectura, su industria, su poesía. Todo lo suyo es interesante, atrevido, nuevo. Fue una raza artística, inteligente y limpia. Se leen como una novela las historias de los nahuatles y mayas de México, de los chibchas de Colombia, de los cumanagotos de Venezuela, de los quechuas del Perú, de los aimaraes de Bolivia, de los charrúas del Uruguay, de los araucanos de Chile.

El quetzal es el pájaro hermoso de Guatemala, el pájaro de verde brillante con la larga pluma, que se muere de dolor cuando cae cautivo, o cuando se le rompe o lastima la pluma de la cola. Es un pájaro que brilla a la luz, como las cabezas de los colibríes, que parecen piedras preciosas, o joyas de tornasol, que de un lado fueran topacio, y de otro ópalo, y de otro amatista. Y cuando se lee en los viajes de Le Plongeon los cuentos de los amores de la princesa maya Ara, que no quiso querer al príncipe Aak porque por el amor de Ara mató a su hermano Chaak; cuando en la historia del indio Ixtlilxochitl se ve vivir, elegantes y ricas, a las ciudades reales de México, a Tenochtitlán y a Texcoco; cuando en la «Recordación Florida» del capitán Fuentes, o en las Crónicas de Juarros, o en la Historia del conquistador Bernal Díaz del Castillo, o en los Viajes del inglés Tomás Gage, andan como si los tuviésemos delante, en sus vestidos blancos y con sus hijos de la mano, recitando versos y levantando edificios, aquellos gentíos de las ciudades de entonces, aquellos sabios de Chichén, aquellos potentados de Uxmal, aquellos comerciantes de Tulán, aquellos artífices de Tenochtitlán, aquellos sacerdotes de Cholula, aquellos maestros amorosos y niños mansos de Utatlán, aquella raza fina que vivía al sol y no cerraba sus casas de piedra, no parece que se lee un libro de hojas amarillas, donde las eses son como efes y se usan con mucha ceremonia las palabras, sino que se ve morir a un quetzal, que lanza el último grito al ver su cola rota. Con la imaginación se ven cosas que no se pueden ver con los ojos.

Se hace uno de amigos leyendo aquellos libros viejos. Allí hay héroes, y santos, y enamorados, y poetas, y apóstoles. Allí se describen pirámides mas grandes que las de Egipto; y hazañas de aquellos gigantes que vencieron a las fieras; y batallas de gigantes y hombres; y dioses que pasan por el viento echando semillas de pueblos sobre el mundo; y robos de princesas que pusieron a los pueblos a pelear hasta morir; y peleas de pecho a pecho, con bravura que no parece de hombres; y la defensa de las ciudades viciosas contra los hombres fuertes que venían de las tierras del Norte; y la vida variada, simpática y trabajadora de sus circos y templos, de sus canales y talleres, de sus tribunales y mercados.

Hay reyes como el chichimeca Netzahualpilli, que matan a sus hijos porque faltaron a la ley, lo mismo que dejó matar al suyo el romano Bruto; hay oradores que se levantan llorando, como el tlaxcalteca Xicotencatl, a rogar a su pueblo que no dejen entrar al español, como se levantó Demóstenes a rogar a los griegos que no dejasen entrar a Filipo; hay monarcas justos como Netzahualcoyotl, el gran poeta rey de los chichimecas, que sabe, como el hebreo Salomón, levantar templos magníficos al Creador del mundo, y hacer con alma de padre justicia entre los hombres. Hay sacrificios de jóvenes hermosas a los díeses invisibles del cielo, lo mismo que los hubo en Grecia, donde eran tantos a veces los sacrificios que no fue necesario hacer altar para la nueva ceremonia, porque el montón de cenizas de la última quema era tan alto que podían tender allí a las víctimas los sacrificadores; hubo sacrificios de hombres, como el del hebreo Abraham, que ató sobre los leños a Isaac su hijo, para matarlo con sus mismas manos, porque creyó oír voces del cielo que le mandaban clavar el cuchillo al hijo, cosa de tener satisfecho con esta sangre a su Dios; hubo sacrificios en masa, como los había en la Plaza Mayor, delante de los obispos y del rey, cuando la Inquisición de España quemaba a los hombres vivos, con mucho lujo de leña y de procesión, y veían la quema las señoras madrileñas desde los balcones. La superstición y la ignorancia hacen bárbaros a los hombres en todos los pueblos. Y de los indios han dicho más de lo justo en estas cosas los españoles vencedores, que exageraban o inventaban los defectos de la raza vencida, para que la crueldad con que la trataron pareciese justa y conveniente al mundo. Hay que leer a la vez lo que dice de los sacrificios de los indios el soldado español Bernal Díaz, y lo que dice el sacerdote Bartolomé de las Casas. Ese es un nombre que se ha de llevar en el corazón, como el de un hermano. Bartolomé de las Casas era feo y flaco, de hablar confuso y precipitado, y de mucha nariz; pero se le veía en el fuego limpio de los ojos el alma sublime.

De México trataremos hoy, porque las láminas son de México. A México lo poblaron primero los toltecas bravos, que seguían, con los escudos de cañas en alto, al capitán que llevaba el escudo con rondelas de oro. Luego los toltecas se dieron al lujo; y vinieron del Norte con fuerza terrible, vestidos de pieles, los chichimecas bárbaros, que se quedaron en el país, y tuvieron reyes de gran sabiduría. Los pueblos libres de los alrededores se juntaron después, con los aztecas astutos a la cabeza, y les ganaron el gobierno a los chichimecas, que vivían ya descuidados y viciosos. Los aztecas gobernaron como comerciantes, juntando riquezas y oprimiendo al país; y cuando llegó Cortés con sus españoles, venció a los aztecas con la ayuda de los cien mil guerreros indios que se le fueron uniendo, a su paso por entre los pueblos oprimidos.

Las armas de fuego y las armaduras de hierro de los españoles no amedrentaron a los héroes indios; pero ya no quería obedecer a sus héroes el pueblo fanático, que creyó que aquéllos eran los soldados del dios, Quetzalcoatl que los sacerdotes les anunciaban que volvería del cielo a libertarlos de la tiranía. Cortés conoció las rivalidades de los indios, puso en mal a los que se tenían celos, fue separando de sus pueblos acobardados a los jefes, se ganó con regalos o aterró con amenazas a los débiles, encarceló o asesinó a los juiciosos y a los bravos; y los sacerdotes que vinieron de España después de los soldados echaron abajo el templo del dios indio, y pusieron encima el templo de su dios.

Y ¡qué hermosa era Tenochtitlán, la ciudad capital de los aztecas, cuando llegó a México Cortés! Era como una mañana todo el día, y la ciudad parecía siempre como en feria. Las calles eran de agua unas, y de tierra otras; y las plazas espaciosas y muchas; y los alrededores sembrados de una gran arboleda.

Por los canales andaban las canoas, tan veloces y diestras como si tuviesen entendimiento; y había tantas a veces que se podía andar sobre ellas como sobre la tierra firme. En unas venían frutas, y en otras flores, y en otras jarros y tazas, y demás cosas de la alfarería. En los mercados hervía la gente, saludándose con amor, yendo de puesto en puesto, celebrando al rey o diciendo mal de él, curioseando y vendiendo. Las casas eran de adobe, que es el ladrillo sin cocer, o de calicanto, si el dueño era rico. Y en su pirámide de cinco terrazas se levantaba por sobre toda la ciudad, con sus cuarenta templos menores a los pies, el templo magno de Huitzilopochtli, de ébano y jaspes, con mármol como nubes y con cedros de olor, sin apagar jamás, allá en el tope, las llamas sagradas de sus seiscientos braseros. En las calles, abajo, la gente iba y venía, en sus túnicas cortas y sin mangas, blancas o de colores, o blancas y bordadas, y unos zapatos flojos, que eran como sandalias de botín. Por una esquina salía un grupo de niños disparando con la cerbatana semillas de fruta, o tocando a compás en sus pitos de barro, de camino para la escuela, donde aprendían oficios de mano, baile y canto, con sus lecciones de lanza y flecha, y sus horas para la siembra y el cultivo: porque todo hombre ha de aprender a trabajar en el campo, a hacer las cosas con sus propias manos, y a defenderse. Pasaba un señorón con un manto largo adornado de plumas, y su secretario al lado, que le iba desdoblando el libro acabado de pintar, con todas las figuras y signos del lado de adentro, para que al cerrarse no quedara lo escrito de la parte de los dobleces. Detrás del señorón venían tres guerreros con cascos de madera, uno con forma de cabeza de serpiente, y otro de lobo, y otro de tigre, y por afuera la piel, pero con el casco de modo que se les viese encima de la oreja las tres rayas que eran entonces la señal del valor. Un criado llevaba en un jaulón de carrizos un pájaro de amarillo de oro, para la pajarera del rey, que tenía muchas aves, y muchos peces de plata y carmín en peceras de mármol, escondidos en los laberintos de sus jardines. Otro venía calle arriba dando voces, para que abrieran paso a los embajadores que salían con el escudo atado al brazo izquierdo, y la flecha de punta a la tierra a pedir cautivos a los pueblos tributarios. En el quicio de su casa cantaba un carpintero, remendando con mucha habilidad una silla en figura de águila, que tenía caída la guarnición de oro y seda de la piel de venado del asiento. Iban otros cargados de pieles pintadas, parándose a cada puerta, por si les querían comprar la colorada o la azul, que ponían entonces como los cuadros de ahora, de adorno en las salas. Venía la viuda de vuelta del mercado con el sirviente detrás, sin manos para sujetar toda la compra de jarros de Cholula y de Guatemala; de un cuchillo de obsidiana verde, fino como una hoja de papel; de un espejo de piedra bruñida, donde se veía la cara con más suavidad que en el cristal; de una tela de grano muy junto, que no perdía nunca el color; de un pez de escamas de plata y de oro que estaban como sueltas; de una cotorra de cobre esmaltado, a la que se le iban moviendo el pico y las alas. O se paraban en la calle las gentes, a ver pasar a los dos recién casados, con la túnica del novio cosida a la de la novia, como para pregonar que estaban juntos en el mundo hasta la muerte; y detrás les corría un chiquitín, arrastrando su carro de juguete. Otros hacían grupos para oír al viajero que contaba lo que venía de ver en la tierra brava de los zapotecas, donde había otro rey que mandaba en los templos y en el mismo palacio real, y no salía nunca a pie, sino en hombros de los sacerdotes, oyendo las súplicas del pueblo, que pedía por su medio los favores al que manda al mundo desde el cielo, y a los reyes en el palacio, y a los otros reyes que andan en hombros de los sacerdotes. Otros, en el grupo de al lado, decían que era bueno el discurso en que contó el sacerdote la historia del guerrero que se enterró ayer, y que fue rico el funeral, con la bandera que decía las batallas que ganó, y los criados que llevaban en bandejas de ocho metales diferentes las cosas de comer que eran del gusto del guerrero muerto. Se oía entre las conversaciones de la calle el rumor de los árboles de los patios y el ruido de las limas y el martillo. ¡De toda aquella grandeza apenas quedan en el museo unos cuantos vasos de oro, unas piedras como yugo, de obsidiana pulida, y uno que otro anillo labrado! Tenochtitlán no existe. No existe Tulán, la ciudad de la gran feria. No existe Texcoco, el pueblo de los palacios. Los indios de ahora, al pasar por delante de las ruinas, bajan la cabeza, mueven los labios como si dijesen algo, y mientras las ruinas no les quedan atrás, no se ponen el sombrero. De ese lado de México, donde vivieron todos esos pueblos de una misma lengua y familia que se fueron ganando el poder por todo el centro de la costa del Pacífico en que estaban los nahuatles, no quedó después de la conquista una ciudad entera, ni un templo entero.

De Cholula, de aquella Cholula de los templos, que dejó asombrado a Cortés, no quedan más que los restos de la pirámide de cuatro terrazas dos veces más grande que la famosa pirámide de Cheope. En Xochicaleo sólo está en pie, en la cumbre de su eminencia llena de túneles y arcos, el templo de granito cincelado, con las piezas enormes tan juntas que no se ve la unión, y la piedra tan dura que no se sabe ni con qué instrumento la pudieron cortar, ni con qué máquina la subieron tan arriba. En Centla, revueltas por la tierra, se ven las antiguas fortificaciones. El francés Charnay acaba de desenterrar en Tula una casa de veinticuatro cuartos, con quince escaleras tan bellas y caprichosas, que dice que son «obra de arrebatador interés». En la Quemada cubren el Cerro de los Edificios las ruinas de los bastimentos y cortinas de la fortaleza, los pedazos de las colosales columnas de pórfido. Mitla era la ciudad de los zapotecas: en Mitla están aún en toda su beldad les paredes del palacio donde el príncipe que iba siempre en hombros venía a decir al rey loque mandaba hacer desde el cielo el dios que se creó a sí mismo, el Pitao-Cozaana. Sostenían el techo las columnas de vigas talladas, sin base ni capitel, que no se han caído todavía, y que parecen en aquella soledad más imponentes que las montañas que rodean el valle frondoso en que se levanta Mitla. De entre la maleza alta como los árboles, salen aquellas paredes tan hermosas, todas cubiertas de las más finas grecas y dibujos, sin curva ninguna, sino con rectas y ángulos compuestos con mucha gracia y majestad.

Pero las ruinas más bellas de México no están por allí, sino por donde vivieron los mayas, que eran gente guerrera y de mucho poder, y recibían de los pueblos del mar visitas y embajadores. De los mayas de Oaxaca es la ciudad célebre de Palenque, con su palacio de muros fuertes cubiertos de piedras talladas, que figuran hombres de cabeza de pico con la boca muy hacia afuera, vestidos de trajes de gran ornamento, y la cabeza con penachos de plumas. Es grandiosa la entrada del palacio, con las catorce puertas, y aquellos gigantes de piedra que hay entre una puerta y otra. Por dentro y fuera está el estuco que cubre la pared lleno de pinturas rojas, azules, negras y blancas. En el interior está el patio, rodeado de columnas. Y hay un templo de la Cruz, que se llama así, porque en una de las piedras están dos que parecen sacerdotes a los lados de una como cruz, tan alta como ellos; sólo que no es cruz cristiana, sino como la de los que creen en la religión de Buda, que también tiene su cruz. Pero ni el Palenque se puede comparar a las ruinas de los mayas yucatecos, que son mas extrañas y hermosas.

Por Yucatán estuvo el imperio de aquellos príncipes mayas, que eran de pómulos anchos, y frente como la del hombre blanco de ahora. En Yucatán están las ruinas de Sayil, con su Casa Grande, de tres pisos, y con su escalera de diez varas de ancho. Está Labná, con aquel edificio curioso que tiene por cerca del techo una hilera de cráneos de piedra, y aquella otra ruina donde cargan dos hombres una gran esfera, de pie uno, y el otro arrodillado. En Yucatán está Izamal, donde se encontró aquella Cara

Gigantesca, una cara de piedra de dos varas y más. Y Kabah está allí también, la Kabah que conserva un arco, roto por arriba, que no se puede ver sin sentirse como lleno de gracia y nobleza. Pero las ciudades que celebran los libros del americano Stephens, de Brasseur de Bourbourg y de Charnay, de Le Plongeon y su atrevida mujer, del francés Nadaillac, son Uxmal y Chichén-Itzá, las ciudades de los palacios pintados, de las casas trabajadas lo mismo que el encaje, de los pozos profundos y los magníficos conventos. Uxmal está como a dos leguas de Mérida, que es la ciudad de ahora, celebrada por su lindo campo de henequén, y porque su gente es tan buena que recibe a los extranjeros como hermanos. En Uxmal son muchas las ruinas notables, y todas, como por todo México, están en las cumbre de las pirámides, como si fueran los edificios de más valor, que quedaron en pie cuando cayeron por tierra las habitaciones de fábrica más ligera. La casa más notable es la que llaman en los libros «del Gobernador» que es toda de piedra ruda, con más de cien varas de frente y trece de ancho, y con las puertas ceñidas de un marco de madera trabajada con muy rica labor. A otra casa le dicen de las Tortugas, y es muy curiosa por cierto, porque la piedra imita una como empalizada, con una tortuga en relieve de trecho en trecho. La Casa de las Monjas sí es bella de veras: no es una casa sola, sino cuatro, que están en lo alto de la pirámide. A una de las casas le dicen de la Culebra, porque por fuera tiene cortada en la piedra viva una serpiente enorme, que le da vuelta sobre vuelta a la casa entera: otra tiene cerca del tope de la pared una corona hecha de cabezas de ídolos, pero todas diferentes y de mucha expresión, y arregladas en grupos que son de arte verdadero, por lo mismo que parecen como puestas allí por la casualidad; y otro de los edificios tiene todavía cuatro de las diecisiete torres que en otro tiempo tuvo, y de las que se ven los arranques junto al techo, como la cáscara de una muela cariada. Y todavía tiene Uxmal la Casa del Adivino, pintada de colores diferentes, y la Casa del Enano, tan pequeña y bien tallada que es como una caja de China, de esas que tienen labradas en la madera centenares de figuras y tan graciosa que un viajero la llama «obra maestra de arte y elegancia», y otro dice que «la Casa del Enano es bonita como una joya».

La ciudad de Chichén-Itzá es toda como la Casa del Enano. Es como un libro de piedra. Un libro roto, con las hojas por el suelo, hundidas en la maraña del monte, manchadas de fango, despedazadas. Están por tierra las quinientas columnas; las estatuas sin cabeza, al pie de las paredes a medio caer; las calles de la yerba que ha ido creciendo en tantos siglos, están tapiadas. Pero de lo que queda en pie, de cuanto se ve o se toca, nada hay que no tenga una pintura finísima de curvas bellas, o una escultura noble, de nariz recta y barba larga. En las pinturas de los muros está el cuento famoso de la guerra de los dos hermanos locos, que se pelearon por ver quién se quedaba, con la princesa Ara: hay procesiones de sacerdotes, de guerreros, de animales que parece que miran y conocen, de barcos con dos proas, de hombres de barba negra, de negros de pelo rizado; y todo con el perfil firme, y el color tan fresco y brillante como si aún corriera sangre por las venas de los artistas que dejaron escritas en jeroglíficos y en pinturas la historia del pueblo que echó sus barcos por las costas y ríos de todo Centroamérica, y supo de Asia por el Pacífico y de África por el Atlántico. Hay piedra en que un hombre en pie envía un rayo desde sus labios entreabiertos a otro hombre sentado. Hay grupos y símbolos que parecen contar, en una lengua que no se puede leer con el alfabeto indio incompleto del obispo Landa, los secretos del pueblo que construyó el Circo, el Castillo, el Palacio de las Monjas, el Caracol, el pozo de los sacrificios, lleno en lo hondo de una como piedra blanca, que acaso es la ceniza endurecida de los cuerpos de las vírgenes hermosas, que morían en ofrenda a su dios, sonriendo y cantando, como morían por el dios hebreo en el circo de Roma las vírgenes cristianas, como moría por el dios egipcio, coronada de flores y seguida del pueblo, la virgen más bella, sacrificada al agua del río Nilo. ¿Quién trabajó como el encaje las estatuas de Chichén-Itzá? ¿Adónde ha ido, adónde, el pueblo fuerte y gracioso que ideó la casa redonda del Caracol; la casita tallada del Enano, la culebra grandiosa de la Casa de las Monjas en Uxmal? ¡Qué novela tan linda la historia de América!

Músicos, poetas y pintores.

El mundo tiene más jóvenes que viejos. La mayoría de la humanidad es de jóvenes y niños. La juventud es la edad del crecimiento y del desarrollo, de la actividad y la viveza, de la imaginación y el ímpetu. Cuando no se ha cuidado del corazón y la mente en los años jóvenes, bien se puede temer que la ancianidad sea desolada y triste. Bien dijo el poeta Southey, que los primeros veinte años de la vida son los que tienen más poder en el carácter del hombre. Cada ser humano lleva en sí un hombre ideal, lo mismo que cada trozo de mármol contiene en bruto una estatua tan bella como la que el griego Praxiteles hizo del dios Apolo. La educación empieza con la vida, y no acaba sino con la muerte. El cuerpo es siempre el mismo, y decae con la edad; la mente cambia sin cesar, y se enriquece y perfecciona con los años. Pero las cualidades esenciales del carácter, lo original y enérgico de cada hombre, se deja ver desde la infancia en un acto, en una idea, en una mirada.

En el mismo hombre suelen ir unidos un corazón pequeño y un talento grande. Pero todo hombre tiene el deber de cultivar su inteligencia, por respeto a sí propio y al mundo. Lo general es que el hombre no logre en la vida un bienestar permanente sino después de muchos años de esperar con paciencia y de ser bueno, sin cansarse nunca. El ser bueno da gusto, y lo hace a uno fuerte y feliz. «La verdad es—dice el norteamericano Emerson—que la verdadera novela del mundo está en la vida del hombre, y no hay fábula ni romance que recree más la imaginación que la historia de un hombre bravo que ha cumplido con su deber.»

Es notable la diferencia de edades en que llegan los hombres a la fuerza del talento. «Hay algunos—dice el inglés Bacon—que maduran mucho antes de la edad y se van como vienen», que es lo mismo que dice en su latín elegante el retórico Quintiliano. Eso se ve en muchos niños precoces, que parecen prodigios de sabiduría en sus primeros años, y quedan oscurecidos en cuanto entran en los años mayores.

Heinecken, el niño de la antigua ciudad de Lubeck, aprendió de memoria casi toda la Biblia cuando tenía dos años; a los tres años, hablaba latín y francés; a los cuatro ya lo tenían estudiando la historia de la iglesia cristiana, y murió a los cinco. De esa pobre criatura puede decirse lo de Bacon: «El carro de Faetón no anduvo másque un día.»

Hay niños que logran salvar la inteligencia de estas exaltaciones de la precocidad, y aumentan en la edad mayor las glorias de su infancia. En los músicos se ve esto con frecuencia, porque la agitación del arte es natural y sana, y el alma que la siente padece más de contenerla que de darle salida. Haendel a los diez años había compuesto un libro de sonatas. Su padre lo quería hacer abogado, y le prohibió tocar un instrumento; pero el niño se procuró a escondidas un clavicordio mudo, y pasaba las noches tocando a oscuras en las teclas sin sonido. El duque de Sajonia Weissenfels logró, a fuerza de ruegos, que el padre permitiera aprender la música a aquel genio perseverante, y a los dieciséis Haendel había puesto en música el *Almira*. En veintitrés días compuso su gran obra *El Mesías*, a los cincuenta y siete años, y cuando murió, a los sesenta y siete, todavía estaba escribiendo óperas y oratorios.

Haydn fue casi tan precoz como Haendel, y a los trece años ya había compuesto una misa; pero lo mejor de él, que es la *Creación*, lo escribió cuando tenía sesenta y cinco. A Sebastián Bach le fue casi tan difícil como a Haendel aprender la primera música, porque su hermano mayor, el organista

Cristóbal, tenía celos de él, y le escondió el libro donde estaban las mejores piezas de los maestros del clavicordio. Pero Sebastián encontró el libro en una alacena, se lo llevó a su cuarto, y empezó a copiarlo a deshoras de la noche, a la luz del cielo, que en verano es muy claro, o a la luz de la luna. Su hermano lo descubrió, y tuvo la crueldad de llevarse el libro y la copia, lo que de nada le valió, porque a los dieciocho años ya estaba Sebastián de músico en la corte famosa de Weimar, y no tenía como organista más rival que Haendel.

Pero de todos los niños prodigiosos en el arte de la música, el más célebre es Mozart. No parecía que necesitaba de maestros para aprender. A los cuatro años cuando aún no sabía escribir, ya componía tonadas; a los seis arregló un concierto para piano, y a los doce ya no tenía igual como pianista, y compuso la *Finta Semplice*, que fue su primera ópera. Aquellos maestros serios no sabían cómo entender a un niño que improvisaba fugas dificilísimas sobre un tema desconocido, y se ponía enseguida a jugar a caballito con el bastón de su padre. El padre anduvo enseñándolo por las principales ciudades de Europa, vestido como un príncipe, con su casaquita color de pulga, sus polainas de terciopelo, sus zapatos de hebilla, y el pelo largo y rizado, atado por detrás como las pelucas. El padre no se cuidaba de la salud del pianista pigmeo, que no era buena, sino de sacar de él cuanto dinero podía. Pero a Mozart lo salvaba su carácter alegre; porque era un maestro en música, pero un niño en todo lo demás. A los catorce años compuso su ópera de *Mitrídates*, que se representó veinte noches seguidas; a los treinta y seis, en su cama de moribundo, consumido por la agitación de su vida y el trabajo desordenado, compuso el *Requiem*, que es una de sus obras más perfectas.

El padre de Beethoven quería hacer de él una maravilla, y le enseñó a fuerza de porrazos y penitencias tanta música, que a los trece años el niño tocaba en público y había compuesto tres sonatas. Pero hasta los veintiuno no empezó a producir sus obras sublimes. Weber, que era un muchacho muy travieso, publicó a los doce sus seis primeras fugas, y a los catorce compuso su ópera *Las Ninfas del Bosque*: la famosísima del *Cazador* la compuso a los treinta y seis. Mendelessohn aprendió a tocar antes que a hablar, y a los doce años ya había escrito tres cuartetos para piano, violines y contrabajo: dieciséis años cumplía cuando acabó su primera ópera *Las Bodas de Camacho*, a los dieciocho escribió su sonata en si bemol; antes de los veinte compuso su *Sueño de una Noche de Verano*, a los veintidós su *Sinfonía de Reforma*, y no cesó de escribir obras profundas y dificilísimas hasta los treinta y ocho, que murió. Meyerbeer era a los nueve pianista excelente, y a los dieciocho puso en el teatro de Munich su primera pieza *La Hija de Jephté*; pero hasta los treinta y siete no ganó fama con su *Roberto el Diablo*.

El inglés Carlyle habla en su *Vida del Poeta Schiller* de un Daniel Schubart, que era poeta, músico y predicador, y a derechas no era nada. Todo lo hacía por espasmos y se cansaba de todo, de sus estudios, de su pereza y de sus desórdenes. Era hombre de mucha capacidad, notable como músico; como predicador, muy elocuente; y hábil periodista. A los cincuenta y dos años murió, y su mujer e hijo quedaron en la miseria.

Pero Franz Schubert, el niño maravilloso de Viena, vivió de otro modo, aunque no fue mucho más feliz. Tocaba el violín cuando no era más alto que él, lo mismo que el piano y el órgano. Con leer una vez una canción, tenía bastante para ponerla en música exquisita, que parece de sueño y de capricho, y como si fuera un aire de colores. Escribió más de quinientas melodías, a más de óperas, misas, sonatas, sinfonías y cuartetos. Murió pobre a los treinta y un años.

Entre los músicos de Italia se ha visto la misma precocidad. Cimarosa, hijo de un zapatero remendón, era autor a los diecinueve de *La Baronesa de Stramba*. A los ocho tocaba Paganini en el violín una sonata suya. El padre de Rossini tocaba el trombón en una compañía de cómicos ambulantes, en que la madre iba de cantatriz. A los diez años Rossini iba con su padre de segundo; luego cantó en los coros hasta que se quedó sin voz; y a los veintiún años era el autor famoso de la ópera *Tancredo*.

Entre los pintores y escultores han sido muchos los que se han revelado en la niñez. El más glorioso de todos es Miguel Ángel. Cuando nació lo mandaron al campo a criarse con la mujer de un picapedrero, por lo que decía él después que había bebido el amor de la escultura con la leche de la madre. En cuanto pudo manejar un lápiz le llenó las paredes al picapedrero de dibujos, y cuando volvió a Florencia, cubría de gigantes y leones el suelo de la casa de su padre. En la escuela no adelantaba mucho con los libros, ni dejaba el lápiz de la mano; y había que ir a sacarlo por fuerza de casa de los pintores. La pintura y la escultura eran entonces, oficios bajos, y el padre, que venía de familia noble, gastó en vano razones y golpes para convencer a su hijo de que no debía ser un miserable cortapiedras. Pero cortapiedras quería ser el hijo, y nada más. Cedió el padre al fin, y lo puso de alumno en el taller del pintor Ghirlandaio, quien halló tan adelantado al aprendiz que convino en pagarle un tanto por mes. Al poco tiempo el aprendiz pintaba mejor que el maestro; pero vio las estatuas de los jardines célebres de Lorenzo de Médicis, y cambió entusiasmado los colores por el cincel. Adelantó con tanta rapidez en la escultura que a los dieciocho años admiraba Florencia su bajorrelieve de la *Batalla de los Centauros*; a los veinte hizo el *Amor Dormido*, y poco después su colosal estatua de *David*. Pintó luego, uno tras otro, sus cuadros terribles y magníficos. Benvenuto Cellini, aquel genio creador en el arte de ornamentar, dice que ningún cuadro de Miguel Ángel vale tanto como el que pintó a los veintinueve años, en que unos soldados de Pisa, sorprendidos en el baño por sus enemigos, salen del agua a arremeter contra ellos.

La precocidad de Rafael fue también asombrosa, aunque su padre no se le oponía, sino le celebraba su pasión por el arte. A los diecisiete años ya era pintor eminente. Cuentan que se llenó de admiración al ver las obras grandiosas de Miguel Ángel en la Capilla Sixtina, y que dio en voz alta gracias a Dios por haber nacido en el mismo siglo de aquel genio extraordinario. Rafael pintó su *Escuela de Atenas* a los veinticinco años y su *Transfiguración* a los treinta y siete. Estaba acabándola cuando murió, y el pueblo romano llevó la pintura al Panteón, el día de los funerales. Hay quien piensa que *La Transfiguración* de Rafael, incompleta como está, es el cuadro más bello del mundo.

Leonardo de Vinci sobresalió desde la niñez en las matemáticas, la música y el dibujo. En un cuadro de su maestro Verrocchio pintó un ángel de tanta hermosura que el maestro, desconsolado de verse inferior al discípulo, dejó para siempre su arte. Cuando Leonardo llegó a los años mayores era la admiración del mundo, por su poder como arquitecto e ingeniero, y como músico y pintor. Guercino a los diez años adornó con una virgen de fino dibujo la fachada de su casa. Tintoretto era un discípulo tan aventajado que su maestro Tiziano se enceló de él y lo despidió de su servicio. El desaire le dio ánimo en vez de acobardarlo, y siguió pintando tan de prisa que le decían «el furioso». Canova, el escultor, hizo a los cuatro años un león de un pan de mantequilla. El dinamarqués Thorwaldsen tallaba, a los trece, mascarones para los barcos en el taller de su padre, que era escultor en madera; y a los quince ganó la medalla en Copenhague por su bajorrelieve del *Amor* en *Reposo*.

Los poetas también suelen dar pronto muestras de su vocación, sobre todo los de alma inquieta, sensible y apasionada. Dante a los nueve años escribía versos a la niña de ocho años de que habla en su *Vida Nueva*. A los diez años lamentó Tasso en verso su separación de su madre y hermana, y se comparó al triste Ascanio cuando huía de Troya con su padre Eneas a cuestas; a los treinta y un años puso las últimas octavas a su poema de la *Jerusalén*, que empezó a los veinticinco.

De diez años andaba Metastasio improvisando por las calles de Roma; y Goldoni, que era muy revoltoso, compuso a los ocho su primera comedia. Muchas veces se escapó Goldoni de la escuela para irse detrás de los cómicos ambulantes. Su familia logró que estudiase leyes, y en pocos años ganó fama de excelente abogado, pero la vocación natural pudo más en él, y dejó la curia para hacerse el poeta famoso de los comediantes.

Alfieri demostró cualidades extraordinarias desde la juventud. De niño era muy endeble, como muchos poetas precoces, y en extremo meditabundo y sensible. A los ocho años se quiso envenenar, en un arrebato de tristeza, con unas yerbas que le parecían de cicuta; pero las yerbas sólo le sirvieron de purgante. Lo encerraron en su cuarto y lo hicieron ir a la iglesia en penitencia, con su gorro de dormir. Cuando vio el mar por primera vez, tuvo deseos misteriosos, y conoció que era poeta. Sus padres ricos no se habían cuidado de educarlo bien, y no pudo poner en palabras las ideas que le hervían en la mente. Estudió, viajó, vivió sin orden, se enamoró con frenesí. Su amada no lo quiso y él resolvió morir, pero un criado le salvó la vida. Se curó, se volvió a enamorar, volvió la novia a desdeñarlo, se encerró en su cuarto, se cortó el pelo de raíz y en su soledad forzosa empezó a escribir versos. Tenía veintiséis años cuando se representó su tragedia *Cleopatra*: en siete años compuso catorce tragedias.

Cervantes empezó a escribir en verso, y no tenía todo el bigote cuando ya había escrito sus pastorales y canciones a la moda italiana. Wieland, el poeta alemán, leía de corrido a los tres años, a los siete traducía del latín a Cornelio Nepote, y a los dieciséis escribió su primer poema didáctico de *El Mundo Perfecto*. Klopstock, que desde niño fue impetuoso y apasionado, comenzó a escribir su poema de la *Mesíada* a los veinte años.

Schiller nació con la pasión por la poesía. Cuentan que un día de tempestad lo encontraron encaramado en un árbol adonde se había subido «para ver de dónde venía el rayo, ¡porque era tan hermoso!» Schiller leyó la *Mesíada* a los catorce años, y se puso a componer un poema sacro sobre Moisés. De Goethe se dice que antes de cumplir los ocho años escribía en alemán, en francés, en italiano, en latín y en griego, y pensaba tanto en las cosas de la religión que imaginó un gran «Dios de la naturaleza», y le encendía hogares en señal de adoración. Con el mismo afán estudiaba la música y el dibujo, y toda especie de ciencias. El bravo poeta Koerner murió a los veinte años como quería él morir, defendiendo a su patria. Era enfermizo de niño, pero nada contuvo su amor por las ideas nobles que se celebran en los versos. Dos horas antes de morir escribió El *Canto* de *la Espada*.

Tomás Moore, el poeta de las *Melodías Irlandesas*, dice que casi todas las comedias buenas y muchas de las tragedias famosas han sido obras de la juventud. Lope de Vega y Calderón, que son los que más han escrito para el teatro, empezaron muy temprano, uno a los doce años y otro a los trece. Lope cambiaba sus versos con sus condiscípulos por juguetes y láminas, y a los doce años ya había compuesto dramas y comedias. A los dieciocho publicó su poema de la *Arcadia*, con pastores por héroes. A los veintiséis iba en un barco de la armada española, cuando el asalto a Inglaterra, y en el viaje escribió varios poemas. Pero los centenares de comedias que lo han hecho célebre los escribió después de su vuelta a España, siendo ya sacerdote. Calderón no escribió menos de cuatrocientos dramas. A los trece años compuso su primera obra *El Carro del Cielo*. A los cincuenta se hizo sacerdote, como Lope, y ya no escribió más que piezas sagradas.

Estos poetas españoles escribieron sus obras principales antes de llegar a los años de la madurez. Entre los poetas de las tierras del Norte la inteligencia anda mucho más despacio. Molière tuvo que educarse por sí mismo; pero a los treinta y un años ya había escrito El *Atolondrado*. Voltaire a los doce escribía sátiras contra los padres jesuitas del colegio en que se estaba educando: su padre quería que estudiase leyes, y se desesperó cuando supo que el hijo andaba recitando versos entre la gente alegre de París: a los veinte años estaba Voltaire preso en la Bastilla por sus versos burlescos contra el rey vicioso que gobernaba en Francia: en la prisión corrigió su tragedia de *Edipo*, y comenzó su poema la *Henriada*.

El alemán Kotzebue fue otro genio dramático precoz. A los siete años escribió una comedia en verso, de una página. Entraba como podía en el teatro de Weimar, y cuando no tenía con qué pagar se escondía detrás del bombo hasta que empezaba la representación. Su mayor gusto era andar con teatros de juguete y mover a los muñecos en la escena. A los dieciocho años se representó su primera tragedia en un teatro de amigos.

Víctor Hugo no tenía más que quince años cuando escribió su tragedia *Irtamene*. Ganó tres premios seguidos en los juegos florales; a los veinte escribió *Bug Jargal*, y un año después su novela *Han de Islandia*, y sus primeras *Odas y Baladas*. Casi todos los poetas franceses de su tiempo eran muy jóvenes. «En Francia», decía en burla el crítico Moreau, «ya no hay quien respete a un escritor si tiene más de dieciocho años.»

El inglés Congreve escribió a los diecinueve su novela *Incógnita*, y todas sus comedias antes de los veinticinco. A Sheridan lo llamaba su maestro «burro incorregible»; pero a los veintiséis años había escrito su *Escuela del Escándalo*. Entre los poetas ingleses de la antigüedad hubo muy pocos precoces. Se sabe poco de Chaucer, Shakespeare y Spencer. El mismo Shakespeare llama «primogénito de su invención»al poema *Venus y Adonis*, que compuso a los veintiocho años. Milton tendría veintiséis años cuando escribió su *Comus*. Pero Cowley escribía versos mitológicos a los doce años. Pope «empezó a hablar en versos»: su salud era mísera y su cuerpo deforme, pero por más que le doliera la cabeza, los versos le salían muchos y buenos. El que había de idear *La Borricada* volvió un día a su casa echado de la escuela por una sátira que escribió contra el maestro. Samuel Johnson dice que Pope escribió su oda a *La Soledad* a los doce años, y sus *Pastorales* a los dieciséis: de los veinticinco a los treinta, tradujo la *Ilíada*. El infeliz Chatterton logró engañar con una maravillosa falsificación literaria a los eruditos más famosos de su tiempo: rebosan genio la oda de Chatterton a la*Libertad* y su *Canto del Bardo*. Pero era fiero y arrogante, de carácter descompuesto y defectuoso, y rebelde contra las leyes de la vida. Murió antes de haber comenzado a vivir.

Robert Burns, el poeta escocés, escribía ya a los dieciséis años sus encantadoras canciones montañesas. El irlandés Moore componía a los trece, versos buenos a su Celia famosa. Y a los catorce había empezado a traducir del griego a Anacreonte. En su casa no sabían qué significaban aquellas ninfas, aquellos placeres alados, y aquellas canciones al vino. Moore se libró pronto de estos modelos peligrosos, y alcanzó fama mejor con los versos ricos de su *Lalla Rookh* y la prosa ejemplar de su *Vida de Byron*.

Keats, el más grande de los poetas jóvenes de Inglaterra, murió a los veinticuatro años, ya célebre. Pero nadie hubiera podido decir en su niñez que había de ser ilustre por su genio poético aquel estudiantuelo feroz que andaba siempre de peleas y puñetazos. Es verdad que leía sin cesar; aunque no pareció revelársele la vocación hasta que leyó a los dieciséis años la *Reina Encantada* de Spencer: desde entonces sólo vivió para los versos.

Shelley sí fue precocísimo. Cuando estudiaba en Eton, a los quince años, publicó una novela y dio un banquete a sus amigos con la ganancia de la venta. Era tan original y rebelde que todos le decían «el ateo Shelley», o «el loco Shelley». A los dieciocho publicó su poema de la *Reina Mab*, a los diecinueve lo echaron del colegio por el atrevimiento con que defendió sus doctrinas religiosas; a los treinta años murió ahogado, con un tomo de versos de Keats en el bolsillo. Maravillosa es la poesía de Shelley por la música del verso, la elegancia de la construcción y la profundidad de las ideas. Era un manojo de nervios siempre vibrantes, y tenía tales ilusiones y rarezas que sus condiscípulos lo tenían por destornillado; pero su inteligencia fue vivísima y sutil, su cuerpo frágil se estremecía con las más delicadas emociones, y sus versos son de incomparable hermosura.

Byron fue otro genio extraordinario y errante de la misma época de Shelley y de Keats. Desde la escuela se le conoció el carácter turbulento y arrebatado. De los libros se cuidaba poco; pero antes de los ocho años ya sufría de penas de hombre. Tenía una pierna más corta que la otra, aunque eso no le quitaba los bríos, y se hizo el dueño de la escuela a fuerza de puños, como Keats: él mismo cuenta que de siete batallas perdía una. Cuando estaba en Cambridge de estudiante, tenía en su casa un oso y varios perros de presa, y cada día contaban de él una historia escandalosa: aquél era sin embargo el niño sensible que a los doce años había celebrado en versos sentidos a una prima suya. Leía con afán todos los libros de literatura, y a los dieciocho años publicó para sus amigos su primer libro de versos: *Horas de Ocio*. La *Revista de Edimburgo* habló del libro con desdén, y Byron contestó con su célebre sátira sobre los *Poetas Ingleses y los Críticos de Escocia*. Cumplía los veinticuatro cuando salió al público el primer canto de su poema *Childe Harold*. «A los veinticinco años», dice Macaulay, «se vio Byron en la cima de la gloria literaria, con todos los ingleses famosos de la época a sus pies. Byron era ya más célebre que Scott, Wordsworth, y Southey. Apenas hay ejemplo de un ascenso tan rápido a tan vertiginosa eminencia.» Murió a los treinta y siete años, edad fatal para tantos hombres de genio.

Coleridge, escribió a los veinticinco su himno del *Amanecer*, donde se ven en unión completa la sublimidad y la energía. Bulwer Lytton tenía hecho a los quince su Ismael. A los diecisiete había publicado su primer tomo la poetisa Barrett Browning, que desde los diez escribía en verso y prosa. Robert Browning, su marido, publicó el *Paracelso* a los veintitrés. A los veinte había escrito Tennyson algunas de las poesías melodiosas que han hecho ilustre su nombre. Se ve, pues, que en el fuego tumultuoso de la juventud han nacido muchas de las obras más nobles de la música, la pintura y la poesía. Suele el genio poético decaer con los años, aunque Goethe dice que con la edad se va haciendo mejor el poeta. Es seguro que si no hubieran muerto tan temprano los poetas precoces, habrían imaginado después obras más perfectas que las de su juventud. La fuerza del genio no se acaba con la juventud.

Pero las dotes especiales que hacen más tarde ilustres a los hombres se revelan casi siempre entre los diecisiete y veintitrés años. Puede irse desarrollando poco a poco el talento poético; pero el que es poeta de veras, siempre lo mostrará de algún modo. Crabbe y Wordsworth, que descubrieron el genio tarde, escribían versos desde la niñez. Crabbe llenó de versos toda una gaveta, cuando estaba de aprendiz de cirujano; y Wordsworth, que era agrio y melancólico de niño, empezó a hacer cuartetas heroicas a los catorce. Shelley dice de Wordsworth que «no tenía más imaginación que un cacharro», lo que no quita que sea Wordsworth un poeta inmortal. No fue precoz como Shelley; pero creció despacio y con firmeza, como un roble, hasta que llegó a su majestuosa altura.

Walter Scott tampoco fue precoz de niño. Su maestro dijo que no tenía cabeza para el griego, y él mismo cuenta que fue de muchacho muy travieso y holgazán; pero gozaba de mucha salud, y era gran amigo de los juegos de su edad. En lo primero en que se le vio el genio fue en su gusto por las baladas antiguas, y en su facilidad extraordinaria para inventar historias. Cuando su padre supo que había estado vagando por el país con su camarada Clark, metiéndose por todas partes, y posando en las casas de los campesinos, le dijo:—«¡Dudo mucho, señor, de que sirva Ud. más que para cola de caballo!» De su facilidad para los cuentos, el mismo Scott dice que en las horas de ocio de los inviernos, cuando no tenían modo de estar al aire libre, mantenía muchas horas maravillados con sus narraciones a sus compañeros de escuela, que se peleaban por sentarse cerca del que les decía aquellas historias lindas que no acababan nunca.

Dice Carlyle que en una clase de la escuela de gramática de Edimburgo había dos muchachos: «John, siempre, hecho un brinquillo, correcto y ducal; Walter, siempre desarreglado, borrico y tartamudo. Con el correr de los años, John llegó a ser el Regidor John, de un barrio infeliz, y Walter fue Sir Walter Scott, de todo el universo.» Dice Carlyle, con mucho seso, que la legumbre más precoz y completa es la col. A los treinta años no se podía decir de seguro que Scott tuviera genio para la literatura. A los treinta y uno publicó su primer tomo del *Cancionero de Escocia*, y no imprimió su novela *Waverley* hasta los cuarenta y tres, aunque la tenía escrita nueve años antes.

La última página

Hay un cuento muy lindo de una niña que estaba enamorada de la luna, y no la podían sacar al jardín cuando había luna en el cielo, porque le tendía los bracitos como si la quisiera coger, y se desmayaba de la desesperación porque la luna no venía; hasta que un día, de tanto llorar, la niña se murió, en una noche de luna llena.

La Edad de Oro no se quiere morir, porque nadie debe morirse mientras pueda servir para algo, y la vida es como todas las cosas, que no debe deshacerlas sino el que puede volverlas a hacer. Es como robar, deshacer lo que no se puede volver a hacer. El que se mata, es un ladrón. Pero *La Edad de Oro* se parece a la niñita del cuento, porque siempre quiere escribir para sus amigos los niños más de lo que cabe en el papel, que es como querer coger la luna. ¿No les ofreció la *Historia de la Cuchara, el Tenedor y el Cuchillo* para este número? Pues no cupo. Ni otras muchas cosas más que les tenía escritas. Así es la vida, que no cabe en ella todo el bien que pudiera uno hacer. Los niños debían juntarse una vez por lo menos a la semana, para ver a quien podían hacerle algún bien, todos juntos.

Y ahora nos juntaremos, el hombre de *La Edad de Oro* y sus amiguitos, y todos en coro, cogidos de la mano, les daremos gracias con el corazón, gracias como de hermano, a las hermosas señoras y nobles caballeros que han tenido el cariño de decir que *La Edad de Oro* es buena.

La exposición de París.

Los pueblos todos del mundo se han juntado este verano de 1889 en París. Hasta hace cien años, los hombres vivían como esclavos de los reyes, que no los dejaban pensar, y les quitaban mucho de lo que ganaban en sus oficios, para pagar tropas con que pelear con otros reyes, y vivir en palacios de mármol y de oro, con criados vestidos de seda, y señoras y caballeros de pluma blanca, mientras los caballeros de veras, los que trabajaban en el campo y en la ciudad, no podían vestirse más que de pana, ni ponerle pluma al sombrero: y si decían que no era justo que los holgazanes viviesen de lo que ganaban los trabajadores, si decían que un país entero no debía quedarse sin pan para que un hombre solo y sus amigos tuvieran coches, y ropas de tisú y encaje, y cenas con quince vinos, el rey los mandaba apalear, o los encerraba vivos en la prisión de la Bastilla, hasta que se morían, locos y mudos: y a uno le puso una mascara de hierro, y lo tuvo preso toda la vida, sin levantarle nunca la máscara. En todos los pueblos vivían los hombres así, con el rey y los nobles como los amos, y la gente de trabajo como animales de carga, sin poder hablar, ni pensar, ni creer, ni tener nada suyo, porque a sus hijos se los quitaba el rey para soldados, y su dinero se lo quitaba el rey en contribuciones, y las tierras, se las daba todas a los nobles el rey. Francia fue el pueblo bravo, el pueblo que se levantó en defensa de los hombres, el pueblo que le quitó al rey el poder.

Eso era hace cien años, en 1789. Fue como si se acabase un mundo, y empezara otro. Los reyes todos se juntaron contra Francia. Los nobles de Francia ayudaban a los reyes de afuera. La gente de trabajo, sola contra todos, peleó contra todos, y contra los nobles, y los mató en la guerra y con la cuchilla de la guillotina. Sangró Francia entonces, como cuando abren un animal vivo y le arrancan las entrañas. Los hombres de trabajo se enfurecieron, se acusaron unos a otros, y se gobernaron mal, porque no estaban acostumbrados a gobernar. Vino a París un hombre atrevido y ambicioso, vio que los franceses vivían sin unión, y cuando llegó de ganarles todas las batallas a los enemigos, mandó que lo llamasen emperador, y gobernó a Francia como un tirano. Pero los nobles ya no volvieron a sus tierras. Aquel rey del oro y la seda, ya no volvió nunca. La gente de trabajo se repartió las tierras de los nobles y las del rey. Ni en Francia, ni en ningún otro país han vuelto los hombres a ser tan esclavos como antes. Eso es lo que Francia quiso celebrar después de cien años con la Exposición de París. Para eso llamó Francia a París, en verano, cuando brilla más el sol, a todos los pueblos del mundo.

Y eso vamos a ver ahora, como si lo tuviésemos delante de los ojos. Vamos a la Exposición, a esta visita que se están haciendo las razas humanas. Vamos a ver en un mismo jardín los árboles de todos los pueblos de la tierra. A la orilla del río Sena, vamos a ver la historia de las casas, desde la cueva del hombre troglodita, en una grieta de la roca, hasta el palacio de granito y ónix. Vamos a subir, con los noruegos de barba colorada, con los negros senegaleses de cabello lanudo, con los anamitas de moño y turbante, con los árabes de babuchas y albornoz, con el inglés callado, con el yanqui celoso, con el italiano fino, con el francés elegante, con el español alegre, vamos a subir por encima de las catedrales más altas, a la cúpula de la torre de hierro. Vamos a ver en sus palacios extraños y magníficos a nuestros pueblos queridos de América. Veremos, entre lagos y jardines, en monumentos de hierro y porcelana, la vida del hombre entera, y cuanto ha descubierto y hecho desde que andaba por los bosques desnudo hasta que navega por lo alto del aire y lo hondo de la mar. En un templo de hierro, tan ancho y hermoso que se parece a un cielo dorado, veremos trabajando a la vez todas las máquinas y ruedas del mundo. De debajo de la tierra, como de un volcán de joyas, vamos a ver salir, en lluvias que parecen de piedras finas, trescientas fuentes de colores, que caen chispeando en un lago encendido. Vamos a ver vivir, como viven en sus países de luz, al javanés en su casa de cañas, al egipcio cantando detrás de su burro, al argelino que borda la lana a la sombra del palmar, al siamés que trabaja la madera con los pies y las manos, al negro del Sudán, que sale ojeando, con la lanza de punta, de su conuco de tierra, al árabe que corre a caballo, disparando la espingarda, por la calle de dátiles, con el albornoz blanco al viento. Bailan en un café moro. Pasan las bailarinas de Java, con su casco de plumas. Salen de su teatro, vestidos de tigres, los cómicos cochinchinos. Hombres de todos los pueblos andan asombrados por las calles morunas, por las aldeas negras, por el caserío de bambú javanés, por los puentes de junco de los malayos pescadores, por el jardín criollo de plátanos y naranjos, por el rincón donde, de su techo labrado como un mueble rico, levanta su torre ceñida de serpientes la pagoda. Y para nosotros, los niños, hay un palacio de juguetes, y un teatro donde están como vivos el pícaro Barba Azul y la linda Caperucita Roja. Se le ve al pícaro la barba como el fuego, y los ojos de león. Se le ve a la Caperucita el gorro colorado, y el delantal de lana. Cien mil visitantes entran cada día en la Exposición. En lo alto de la torre flota al viento la bandera de tres colores de la República Francesa.

Por veintidós puertas se puede entrar a la Exposición. La entrada hermosa es por el palacio del Trocadero, de forma de herradura, que quedó de una Exposición de antes, y está ahora lleno de aquellos trabajos exquisitos que hacían con plata para las iglesias y las mesas de los príncipes los joyeros del tiempo de capa y espadón, cuando los platos de comer eran de oro, y las copas de beber eran como los cálices. Y del palacio se sale al jardín, que es la primera maravilla. De rosas nada más, hay cuatro mil quinientas diferentes: hay una rosa casi azul. En una tienda de listas blancas y rojas venden unas mujeres jóvenes las podaderas afiladas, los rastrillos de acero pulido, las regaderas como de juguete con que se trabaja en los jardines. La tierra está en canteros, rodeados de acequias, por donde corre el agua clara, haciendo a los canteros como islotes. Uno está lleno de pensamientos negros; y otro de fresas como corales, escondidas entre las hojas verdes; y otro de chícharos, y de espárragos, que dan la hoja muy linda. Hay un cantero rojo y amarillo, que es de tulipanes. Un rincón es de enredaderas, y el de al lado de helechos gigantescos, con hojas como plumas. En un laberinto flotan sobre el agua la ninfea, y el nelumbio rosado del Indostán, y el loto del río Nilo, que parece una lira. Un bosque es de árboles de copa de pico: pino, abeto. Otro es de árboles desfigurados, que dan la fruta pobre, porque les quitan a las ramas su libertad natural. Dentro de un cercado de cañas están los lirios y los cerezos del Japón, en sus tibores de porcelana blanca y azul. Al pie de un palmar, con las paredes de cuanto tronco hay, está el pabellón de Aguas y Bosques, donde se ve cómo se ha de cuidar a los árboles, que dan hermosura y felicidad a la tierra. A la sombra de un arce del Japón, están, en tazas rústicas, la wellingtonia del Norte, que es el pino más alto, y la araucaria, el pino de Chile.

Por sobre un puente se pasa el río de París, el Sena famoso, y ya se ven por todas partes los grupos de gente asombrada, que vienen de los edificios de orillas del río, donde está la Galería del Trabajo, en que cuecen los bizcochos en un horno enorme, y destilan licor del alambique de bronce rojo, y en la máquina de cilindro están moliendo chocolate con el cacao y el azúcar, y en las bandejas calientes están los dulceros de gorro blanco haciendo caramelos y yemas: todo lo de comer se ve en la Galería, una montaña de azúcar, un árbol de ciruelas pasas, una columna de jamones: y en la sala de vinos, un tonel donde cabrían quince convidados a la mesa, y un mapa de relieve, que todos quieren ver a un tiempo, donde está todo el arte del vino,—la cepa con los racimos, los hombres cogiendo en cestos la uva en el mes de la vendimia, la artesa donde fermenta la vid machucada, la cueva fría donde ponen el mosto a reposar, y luego el vino puro, como topacio deshecho, y la botella de donde salta con su espuma olorosa el champaña. Cerca está la historia entera del cultivo del campo, en modelos de realce, y en cuadros y libros; y un pabellón de arados de acero relucientes; y una colmena de abejas de miel, junto al moral de hoja velluda en que se cría el gusano de seda; y los semilleros de peces, que nacen de los huevos presos en cajones de agua, y luego salen a crecer a miles por la mar y los ríos Los más admirados son los que vienen de ver las cuarenta y tres Habitaciones del Hombre. La vida del hombre está allí desde que apareció por primera vez en la tierra, peleando con el oso y el rengífero, para abrigarse de la helada terrible con la piel, acurrucado en su cueva. Así nacen los pueblos hoy mismo. El salvaje imita las grutas de los bosques o los agujeros de la roca: luego ve el mundo hermoso, y siente con el cariño deseo de regalar, y se mira el cuerpo en el agua del río, y va imitando en la madera y la piedra de sus casas todo lo que le parece hermosura, su cuerpo de hombre, los pájaros, una flor, el tronco y la copa de los árboles. Y cada pueblo crece imitando lo que ve a su alrededor, haciendo sus casas como las hacen sus vecinos, enseñándose en sus casas como es, si de clima frío o de tierra caliente, si pacífico o amigo de pelear, si artístico y natural, o vano y ostentoso. Allí están las chozas de piedra bruta, y luego pulida, de los primeros hombres: la ciudad lacustre del tiempo en que levantaban las casas en el lago sobre pilares, para que no las atacasen las fieras; las casas altas, cuadradas y ligeras, de mirador corrido, de los pueblos de sol que eran antes las grandes naciones, el Egipto sabio, la Fenicia comerciante, la Asiria guerreadora. La casa del Indostán es alta como ellas. La de Persia es ya un castillo, de rica loza azul, porque allí saltan del suelo las piedras preciosas, y las flores y las aves son de mucho color. Parece una familia de casas la de los hebreos, los griegos y los romanos, todas de piedra, y bajas, con tejado o azotea; y se ve, por lo semejantes, que eran del país la casa etrusca y la bizantina. Por el norte de Europa vivían entonces los hunos bárbaros como allí se ve, en su tienda de andar; y el germano y el galo en sus primeras casas de madera, con el techo de paja. Y cuando con las guerras se juntaron los pueblos, tuvo Rusia esa casa de adornos y colorines, como la casa hindú, y los bárbaros pusieron en sus caserones la piedra labrada y graciosa de los italianos y los griegos. Luego, al fin de la edad que medió entre aquella pelea y el descubrimiento de América, volvieron los gustos de antes, de Grecia y de Roma, en las casas graciosas y ricas del Renacimiento. En América vivían los indios en palacios de piedra con adornos de oro, como ese de los aztecas de México, y ese de los incas del Perú. Al moro de África se le ve, por su casa de piedra bordada, que conoció a los hebreos, y vivió en bosques de palmeras, defendiéndose de sus enemigos desde la torre, viendo en el jardín a la gacela entre las rosas, y en la arena de la orilla los caprichos de espuma de la mar. El negro del Sudán, con su casa blanca de techo rodeado de campanillas, parece moro. El chino ligero, que vive de pescado y arroz, hace su casa de tabla y de bambú. El japonés vive tallando el marfil, en sus casas de estera y tabloncillo. Allí se ve donde habitan ahora los pueblos salvajes, el esquimal en su casa redonda de hielo, en su tienda de pieles pintadas el indio norteamericano: pintadas de animales raros y hombres de cara redonda, como los que pintan los niños.

Pero adonde va el gentío con un silencio como de respeto es a la torre Eiffel, el más alto y atrevido de los monumentos humanos. Es como el portal de la Exposición. Arrancan de la tierra, rodeados de palacios, sus cuatro pies de hierro: se juntan en arco, y van ya casi unidos hasta el segundo estrado de la torre, alto como la pirámide de Cheops: de allí fina como un encaje, valiente como un héroe, delgada como una flecha, sube más arriba que el monumento de Washington, que era la altura mayor entre las obras humanas, y se hunde, donde no alcanzan los ojos, en lo azul, con la campanilla, como la cabeza de los montes, coronado de nubes.—Y todo, de la raíz al tope, es un tejido de hierro. Sin apoyo apenas se levantó por el aire. Los cuatro pies muerden, como raíces enormes, en el suelo de arena. Hacia el río, por donde caen dos de los pies, el suelo era movedizo, le hundieron dos cajones, les sacaron de adentro la arena floja, y los llenaron de cimiento seguro. De las cuatro esquinas arrancaron, como para juntarse en lo alto, los cuatro pies recios: con un andamio fueron sosteniendo las piezas más altas, que se caían por la mucha inclinación: sobre cuatro pilares de tablones habían levantado el primer estrado, que como una corona lleva alrededor los nombres de los grandes ingenieros franceses: allá en el aire, una mañana hermosa, encajaron los cuatro pies en el estrado, como una espada en una vaina, y se sostuvo sin parales la torre: de allí, como lanzas que apuntaban al cielo, salieron las vergas delicadas: de cada una colgaba una grúa: allá arriba subían, danzando por el aire, los pedazos nuevos: los obreros, agarrados a la verga con las piernas como el marinero al cordaje del barco, clavaban el ribete, como quien pone el pabellón de la patria en el asta enemiga: así, acostados de espalda, puestos de cara el vacío, sujetos a la verga que el viento sacudía como una rama, los obreros, con blusa y gorro de pieles, ajustaban en invierno, en el remolino del vendabal y de la nieve, las piezas de esquina, los cruceros, los sostenes, y se elevaba por sobre el universo, como si fuera a colgarse del cielo, aquella blonda calada: en su navecilla de cuerdas se balanceaban, con la brocha del rojo en las manos, los pintores. ¡El mundo entero va ahora como moviéndose en la mar, con todos los pueblos humanos a bordo, y del barco del mundo, la torre en el mástil! Los vientos se echan sobre la torre, como para derribar a la que los desafía, y huyen por el espacio azul, vencidos y despedazados.— Allá abajo la gente entra, como las abejas en el colmenar: por los pies de la torre suben y bajan, por la escalera de caracol, por los ascensores inclinados, dos mil visitantes a la vez; los hombres, como gusanos, hormiguean entre las mallas de hierro; el cielo se ve por entre el tejido como en grandes triángulos azules de cabeza cortada, de picos agudos. Del Primer estrado abierto, con sus cuatro hoteles curiosos, se sube, por la escalinata de hélice, al descanso segundo, donde se escribe y se imprime un diario, a la altura de la cúpula de San Pedro. El cilindro de la prensa da vueltas: los diarios salen húmedos: al visitante le dan una medalla de plata. Al estrado tercero suben los valientes, a trescientos metros sobre la tierra y el mar, donde no se oye el ruido de la vida, y el aire, allá en la altura, parece que limpia y besa: abajo la ciudad se tiende, muda y desierta, como un mapa de relieve: veinte leguas de ríos que chispean, de valles iluminados, de montes de verde negruzco, se ven con el anteojo; sobre el estrado se levanta la campanilla, donde dos hombres, en su casa de cristal, estudian los animales del aire, la carrera de las estrellas, y el camino de los vientos. De una de las raíces de la torre sube culebreando por el alambre vibrante la electricidad, que enciende en el cielo negro el faro que derrama sobre París sus ríos de luz blanca, roja y azul, como la bandera de la patria. En lo alto de la cúpula, ha hecho su nido una golondrina.

Por debajo de la torre se va, sin poder hablar del asombro, a lo jardines llenos de fuentes, y rodeados de palacios, y el más grande de todos al fondo, donde caben las muestras de cuanto se trabaja en la humanidad, con la puerta de hierro bordado y lleno de guirnaldas, como se labraba antes el oro de los ricos; y sobre el portón, imitando la bóveda del cielo, la cúpula de porcelanas relucientes; y en la corona, abriendo las alas como para volar, una mujer que lleva en la mano una rama de oliva: a la entrada del pórtico está, con una mano en la cabeza de un león, la Libertad, en bronce. Y delante de la gran fuente, donde van por el agua los hombres y mujeres que los poetas de antes dicen que hubo en la mar, las nereidas y los tritones, llevando en hombros, como si fueran en triunfo, la barca donde, en figuras de héroes y heroínas, el progreso, la ciencia, y el arte dan vivas a la república, sentada más alta que todos, que levanta la antorcha encendida sobre sus alas. A cada lado del jardín desde el palacio grande hasta la torre, hay otro palacio de oros y esmaltes, uno para las estatuas y los cuadros, donde están los paisajes ingleses de montes y animales, las pinturas graciosas de los italianos, con campesinos y con niños, los cuadros españoles de muertes y de guerra, con sus figuras que parecen vivas, y la historia elegante del mundo en los cuadros de Francia. De las Bellas Artes le llaman a ése, y al del otro lado, el palacio de las Artes Liberales, que son las de los trabajos de utilidad, y todas las que no sirven para mero adorno. La historia de todo se ve allí: del grabado, la pintura, la escultura, las escuelas, la imprenta. Parece que se anda, por lo perfecto y fino de todo, entre agujas y ruedas de reloj. Allí se ve, en miniatura de cera, a los chinos observando en su torre los astros del cielo; allí está el químico Lavoisier, de medias de seda y chupa azul, soplando en su retorta, para ver como está hecho el pedrusco que cayó a la tierra de una estrella rota y fría; allí, entre las figuras de las diferentes razas del hombre, están sentados por tierra, trabajando el pedernal, como los que desenterraron en Dinamarca hace poco, cabezudos y fuertes, los hombres de la edad de bronce.

Y ya estamos al pie de la torre: un bosque tiene a un lado, y otro bosque al otro. Uno tiene más verde, y es como una selva de recreo, con su casa sueca de pino, llenas de flores las ventanas, a la orilla de un lago; y la isba de puerta bordada y techo de picos en que vive el labrador ruso; y la casa linda de madera, con ventanas de triángulo, en que pasa los meses de nevada el finlandés, enseñando a sus hijos a pintar y a pensar, a amar a los poetas de Finlandia, y a componer el arpón de la pesca y el trineo de la cacería, mientras talla el abuelo el granito como ópalo, o saca botes y figuras de una rama seca, y las mujeres de gorro alto y delantal tejen su encaje fino, junto a la chimenea de madera labrada. Hay teatro allí, y lecherías, y una casa de anchos comedores, y criados de chaqueta negra, que pasan con las botellas de vino en cestos a la hora de comer, cuando los pájaros cantan en los árboles. Pero al otro lado es donde se nos va el corazón, porque allí están, al pie de la torre, como los retoños del plátano alrededor del tronco, los pabellones famosos de nuestras tierras de América, elegantes y ligeros como un guerrero indio: el de Bolivia como el casco, el de México como el cinturón, el de la Argentina como el penacho de colores: ¡parece que la miran como los hijos al gigante! ¡Es bueno tener sangre nueva, sangre de pueblos que trabajan! El de Brasil está allí también, como una iglesia de domingo en un palmar, con todo lo que se da en sus selvas tupidas, y vasos y urnas raras de los indios marajos del Amazonas, y en una fuente una victoria regia en que puede navegar un niño, y orquídeas de extraña flor, y sacos de café, y montes de diamantes. Brilla un sol de oro allí por sobre los árboles y sobre los pabellones, y es el sol argentino, puesto en lo alto de la cúpula, blanca y azul como la bandera del país, que entre otras cuatro cúpulas corona, con grupos de estatuas en las esquinas del techo, el palacio de hierro dorado y cristales de color en que la patria del hombre nuevo de América convida al mundo lleno de asombro, a ver lo que puede hacer en pocos años un pueblo recién nacido que habla español, con la pasión por el trabajo y la libertad ¡con la pasión por el trabajo!: ¡mejor es morir abrasado por el sol que ir por el mundo, como una piedra viva, con los brazos cruzados! Una estatua señala a la puerta un mapa donde se ve de realce la república, con el río por donde entran al país los vapores repletos de gente que va a trabajar; con las montañas que crían sus metales, y las pampas extensas, cubiertas de ganados. De relieve está allí la ciudad modelo de La Plata, que apareció de pronto en el llano silvestre, con ferrocarriles, y puerto, y cuarenta mil habitantes, y escuelas como palacios Y cuanto dan la oveja y el buey se ve allí, y todo lo que el hombre atrevido puede hacer de la bestia: mil cueros, mil lanas, mil tejidos, mil industrias: la carne fresca en la sala de enfriar: crines, cuernos, capullos, plumas, paños. Cuanto el hombre ha hecho, el argentino lo intenta hacer. De noche, cuando el gentío llama a la puerta, se encienden a la vez, en sus globos de cristal blanco y azul, y rojo y verde, las mil luces eléctricas del palacio.

Como con un cinto de dioses y de héroes está el templo de acero de México, con la escalinata solemne que lleva al portón, y en lo alto de él el sol Tonatiuh, viendo como crece con su calor la diosa Cipactli, que es la tierra: y los dioses todos de la poesía de los indios, los de la caza y el campo, los de las artes y el comercio, están en los dos muros que tiene la puerta a los lados, como dos alas; y los últimos valientes, Cacama, Cuitláhuac y Cuauhtémoc, que murieron en la pelea, o quemados en las parrillas, defendiendo de los conquistadores la independencia de su patria: dentro, en las pinturas ricas de las paredes, se ve como eran los mexicanos de entonces, en sus trabajos y en sus fiestas, la madre viuda dando su parecer entre los regidores de la ciudad, los campesinos sacando el aguamiel del tronco del agave, los reyes haciéndose visitas en el lago, en sus canoas adornadas de flores. ¡Y ese templo de acero lo levantaron, al pie de la torre, dos mexicanos, como para que no les tocasen su historia, que es como madre de un país, los que no la tocaran como hijos!: ¡así se debe querer a la tierra en que uno nace: con fiereza, con ternura! Las cortinas hermosas, las vidrieras de caoba en que están las filigranas de plata, los tejidos de fibras, las esencias de olor, los platos de esmalte y las jarras de barniz, los ópalos, los vinos, los arneses, los azúcares; todo tiene por adorno letras y figuras indias. Vivos parecen, con sus trajes de cuero de flecos y galones, y sus sombreros anchos con trenzado de plata y oro, y su zarape al hombro, de seda de color, vivos como si fueran a montar a caballo, los maniquíes del estanciero rico, del joven elegante que cuida de su hacienda, y sabe «voltear» un toro. A la puerta, a un lado, troncos colosales de madera fina repulida; y al otro, de color de rosa y verdemar, la pirámide del mármol transparente de la tierra, del ónix que parece nube cuajada de la puesta de sol. Del techo cuelga, verde y blanca y roja, la bandera del águila.

Y juntos como hermanos, están otros pabellones más: el de Bolivia, la hija de Bolívar, con sus cuatro torres graciosas de cúpula dorada, lleno de cuarzos de mineral riquísimo, de restos del hombre salvaje y los animales como montes que hubo antes en América, y de hojas de coca, que dan fuerza al cansado para seguir andando: el del Ecuador, que es un templo inca, con dibujos y adornos como los que los indios de antes ponían en los templos del Sol, y adentro los metales y cacaos famosos, y tejidos y bordados de mucha finura, en mostradores de cristal y de oro: el pabellón de Venezuela, con su fachada como de catedral, y en la sala espaciosa tanta muestra de café, y pilones de su panela dulce, y libros de versos y de ingeniería, y zapatos ligeros y finos: el pabellón de Nicaragua con su tejado rojo, como los de las casas del país, y sus salones de los lados, con los cacaos y vainillas de aroma y aves de plumas de oro y esmeralda, y piedras de metal con luces de arco iris, y maderos que dan sangre de olor; y en la sala del centro, el mapa del canal que van a abrir de un mar a otro de América, entre los restos de las ruinas. Tiene ventanas anchas como las casas salvadoreñas, y un balcón de madera muy hermoso, el pabellón del Salvador, que es país obrero, que inventa y trabaja fino, y en el campo cultiva la caña y el café, y hace muebles como los de París, y sedas como las de Lyon, y bordados como los de Burano, y lanas de tinte alegre, tan buenas como las inglesas, y tallados de mucha gracia en la madera y en el oro. Por un pórtico grandioso se entra, entre sacos de trigo y muestras de mineral, al palacio de hierro de Chile: allí la madera fuerte de los bosques del indio araucano, los vinos topacios y rojos, las barras de plata y oro mate, las artes todas de un pueblo que no se quiere quedar atrás, la sal y el arbusto colorado del desierto: al fondo hay como un jardín: las paredes están llenas de cuadros de números.

Y allí, al lado de Chile, entraríamos ahora al Palacio de los Niños, donde juegan los chiquitines al caballito y al columpio, y ven hacer barcos de cristal de Venecia, y las muñecas que hace el japonés, envolviendo con el palitroque alrededor de una varita las pastas blandas de colores diferentes: y hace un daimio con su sable, y un Mikado de ahora, con su levita a la francesa: ¡oh, el teatro! ¡oh, el hombre que está haciendo los confites! ¡oh, el perro que sabe multiplicar! ¡oh, el gimnasta que anda a caballo en una rueda! ¡y el palacio es de juguetes todo por afuera, desde el quicio hasta los banderines del techo! Pero, si no tenemos tiempo, ¿cómo hemos de pararnos a jugar, nosotros, niños de América, si todavía hay tanto que ver, si no hemos visto todos los pabellones de nuestras tierras americanas? ¿Y esta casa de madera tan franca y tan amiga, que convida a la gente a entrar a ver todo lo que da la tierra volcánica de su país, uva y café, enredaderas y tigres, cocos y pájaros, y los lleva a su colgadizo con cortinas, a tomar en jícaras labradas su chocolate de espuma?: es el de Guatemala ese pabellón generoso. Y ese otro elegante, con tantas maderas, es el de la tierra donde se saben defender con ramas de árboles de los que vienen de afuera a quitarles el país: de Santo Domingo. Ese otro es del Paraguay, ese de la torre de mirador, con las ventanas y puertas como de nación de mucho bosque, que imita en sus casas las grutas y los arcos de los árboles. Y ese otro suntuoso que tiene torres como lanzas y alegría como de salón; ese que ha dado una parte de sus salas a dos pueblos de nuestra familia,—a Colombia, que tiene ahora mucho que hacer, al Perú, que está triste después de una guerra que tuvo,—ése es el pueblo bravo y cordial de Uruguay, que trabaja con arte y placer, como el de Francia, y peleó nueve años contra un mal hombre que lo quería gobernar, y tiene un poeta de América que se llama Magariños: vive de sus ganados el Uruguay, y no hay pueblo en el mundo que haya inventado tantos modos de conservar la carne buena, en el tasajo seco, en caldos que parecen vino, en la pasta negra de Liebig, y en bizcochos sabrosos: y en la torre, que se parece a una lanza, flota, como llamando a los hombres buenos, la bandera del sol, de listas blancas y azules.

¡Y tener que pasar tan de prisa por los palacios de una tierra enana como Holanda, donde no hay holandés que no sea feliz, y viva como en pueblo grande, por su trabajo de marino, de ingeniero, de impresor, de tejedor de encajes, de tallador de diamantes; de un pueblo como Bélgica, que sabe tanto de cultivos, y de hacer carruajes, y casas, y armas, y lozas, y tapices, y ladrillos! No podemos ver el pabellón de Suiza, con su escuela modelo, sus quesos como ruedas y su taller de relojes; ni el de Hawai, que es país donde todos saben leer, y trabaja el hombre de la isla, al pie del volcán de fuego, la lava y la pluma; ni el de la República de San Marino—¿quién sabe dónde está San Marino?—con sus cristales pintados famosos y sus familias de escultores. Esa de la puerta tallada de colores es Servia, de cerca de Rusia, donde hacen tapicería fina y mosaicos, y ese comedor, con su techo de aleros, es de Rumania, donde el más pobre viste de paños bordados, y comen la carne casi cruda con mucha pimienta en platos de madera, y beben leche de búfalo. Está llena de sedas con recamos de flores y pájaros, llena de palanquines y colmillos de elefante, esa casa de dos techos de Siam, el pueblo de la ceremonia y del arroz. ¿Y a China quién no la conoce, con su pabellón de tres torres, donde no caben las cortinas con árboles y demonios de oro, ni las cajas de marfil con dibujos de relieve, ni el tapiz donde están, con los siete colores de la luz, los pájaros que van de corte por el aire, cuando llega el mes de mayo, a saludar al rey y la reina, que son dos ruiseñores que fueron al cielo a ver quién se sienta en las nubes, y se trajeron un nido de rayos de sol? ¡Oh, cuánto hay que ver! ¿Y el palacio hindú, de rojo oscuro con los ornamentos blancos, como los bordados de trencilla en un vestido de mujer, y tan tallado todo, las ventanas menudas y la torre, como la fuente de mármol, las columnas de pórfido, los leones de bronce que adornan la sala, colgada de tapicerías? ¿Y el Japón, que es como la China, con más gracia y delicadeza, y unos jardineros viejos que quieren mucho a los niños? ¿Y Grecia, esa de la puerta baja con un muro a cada lado, con la historia de antes en uno, antes de que los romanos la vencieran cuando fue viciosa, y la vida del trabajo de hoy, en antigüedades, en mármoles rojos, en sedas finas, en vinos olorosos, desde que resucitó con la vuelta a la libertad, y tiene ciudades como Pireo, Siracusa, Corfú y Patras, que valen ya por lo trabajadoras tanto como las cuatro famosas de la Grecia vieja: Atenas, Esparta, Tebas y Corinto? ¿Y Persia, con su entrada religiosa de mezquita, de techo de azul vivo, y adentro, entre colgaduras verdes y amarillas, las cazoletas cinceladas de quemar los olores, los chales de seda que caben por una sortija, los alfanjes de puño enjoyado que cortan el hierro, las violetas azucaradas y las conservas de hojas de rosa? ¿Y el bazar de los marroquíes, con su arquería blanca que reluce al sol, y sus moros de turbante y babucha, bruñendo cuchillos, tiñendo el cuero blando, trenzando la paja, labrando a martillazos el cobre, bordando de hilo de oro el terciopelo? ¿Y la calle del Cairo, que es una calle egipcia como en Egipto, unos comprando albornoces, otros tejiendo la lana en el telar, unos pregonando sus confites, y otros trabajando de joyeros, de torneros, de alfareros, de jugueteros, y por todas partes, alquilando el pollino, los burreros burlones, y allá arriba, envuelta en velos, la mora hermosa, que mira desde su balcón de persianas caladas?

¡Oh, no hay tiempo! Tenemos que ir a ver la maravilla mayor, y el atrevimiento que ablanda al verlo el corazón, y hace sentir como deseo de abrazar a los hombres y de llamarlos hermanos. Volvamos al jardín. Entremos por el pórtico del Palacio de las Industrias. Pasemos, con los ojos cerrados, por la galería de las catorce puertas, donde cada palo exhibe sus trabajos mejores, y cada industria compuso la puerta de su departamento, la platería con platas y oros y dos columnas de piedra azul, la locería con porcelana y azulejos, la de muebles con madera esculpida como hojas de flor, y la de hierro con picos y martillos, y la de armas con ruedas, cureñas, balas y cañones, y así todas. Por un corredor que hace pensar en cosas grandes, se va a la escalera que lleva al balcón del monumento: se alzan los ojos: y se ve, llena de luz de sol, una sala de hierro en que podrían moverse a la vez dos mil caballos, en que podrían dormir treinta mil hombres. ¡Y toda está cubierta de máquinas, que dan vueltas, que aplastan, que silban, que echan luz, que atraviesan el aire calladas, que corren temblando por debajo de la tierra! En cuatro hileras están en el centro las máquinas mayores. De un horno rojo les viene la fuerza. Viene por correas, que no se ven de lo ligeras que andan. De cuatro filas de postes cuelgan las ruedas de las correas. Alrededor, unidas, están todas las máquinas del mundo, las que hacen polvo de acero, las que afilan las agujas. Unas mujeres de delantal colorado trabajan el papel holandés. Un cilindro, que parece un elefante que se mueve, está cortando sobres. Un mortero separa el grano de trigo de la cáscara. Un anillo de hierro está en el aire por la electricidad, sin nada que lo sujete. Allí se funden los metales con que se hacen las letras de imprimir, allí se hace el papel de tela o de madera, allí la prensa imprime el diario, lo echa del otro lado, lo devuelve, húmedo. Una máquina echa aire en el pozo de una mina, para que no se ahoguen los mineros. Otra aplasta la caña, y echa un chorro de miel. ¡Pues da ganas de llorar, el ver las máquinas desde el balcón! Rugen, susurran, es como la mar: el sol entra a torrentes. De noche, un hombre toca un botón, los dos alambres de la luz se juntan, y por sobre las máquinas, que parecen arrodilladas en la tiniebla, derrama la claridad, colgado de la bóveda, el ciclo eléctrico. Lejos, donde tiene Edison sus invenciones, se encienden de un chispazo veinte mil luces, como una corona.

Hay panoramas de París, y de Nápoles con su volcán, y del Mont Blanc, que da frío verlo, y de la rada de Río Janeiro. Hay otro que es en el centro como un puente de un buque, y parece por la pintura que está allí el buque entero, y el cielo y el mar. Hay el palacio de las pinturas finas de los acuarelistas, y otro, con adornos como de espejo, de los que pintan al pastel. Hay los dos pabellones de París, donde se aprende a cuidar una ciudad grande. Hay talleres por los arrabales de la Exposición, donde se ve, ¡para que el egoísta aprenda a ser bueno!, el trabajo del hombre en las minas de hulla, en el fondo del agua, en los tanques donde hierve, como fango, el oro. Hay, allá lejos, negras y feas, las hornallas donde echan el carbón para el vapor los hombres tiznados. Pero adonde todos van es al campo que tiene delante el palacio donde los soldados mancos y cojos cuidan la sepultura de piedra de Napoleón, rodeada de banderas rotas: ¡y en lo alto del palacio, la cúpula dorada! Todos van, a ver los pueblos extraños, a la Explanada de los Inválidos. De paso no más veremos el palacio donde está todo lo de pelear: el globo que va por el aire a ver por donde viene el enemigo: las palomas que saben volar con el recado tan arriba que no las alcanzan las balas: ¡y alguna les suele alcanzar, y la paloma blanca cae llena de sangre en la tierra! De paso veremos, en el pabellón de la República del África del Sur, el diamante imperial, que sacaron allá de la tierra, y es el más grande del mundo. Aquí están las tiendas de los soldados, con los fusiles a la puerta. Allí están, graciosas, las casas que los hombres buenos quieren hacer a los trabajadores, para que vean luz los domingos, y descansen en su casita limpia, cuando vienen cansados. Allí, con su torre como la flor de la magnolia, está la pagoda de Cambodia, la tierra donde ya no viven, porque murieron por la libertad, aquellos Kmers que hacían templos más altos que los montes. Allí está, con sus columnas de madera, el palacio de Cochinchina, y en el patio su estanque de peces dorados, y los marcos de las puertas labrados a punta de cuchillo, y, en el fondo, en la escalinata, dos dragones, con la boca abierta, de loza reluciente. Parece chino el palacio de Anam, con sus maderas pintadas de rojo y azul, y en el patio un dios gigante del bronce de ellos, que es como cera muy fina de color de avellana, y los techos y las columnas y las puertas talladas a hilos, como los nidos, o a hojas menudas, como la copa de los árboles. Y por sobre los templos hindús, con sus torres de colores y su monte de dioses de bronce a la puerta, dioses de vientre de oro y de ojos de esmalte, está, lleno de sedas y marfiles, de paños de plata bordados de zafiros, el Palacio Central de todas las tierras que tiene Francia en Asia: en una sala, al levantar una colgadura azul, ofrece una pipa de opio un elefante. Allá, entre las palmeras, brilla, blanco y como de encaje, el minarete del palacio de arquerías de Argel, por donde andan, como reyes presos, los árabes hermosos y callados. Con sus puertas de clavos y sus azoteas, lleno de moros tunecinos y hebreos de barba negra, bebiendo vino de oro en el café, comprando puñales con letras del Corán en la hoja, está, entre bosques de dátiles, el caserío de Túnez, hecho con piedras viejas y lozas rotas de Cartago. Un anamita solo, sentado en cuclillas, mira, con los ojos a medio cerrar, la pagoda de Angkor, la de la torre como la flor de magnolia, con el dios Buda arriba, el Buda de cuatro cabezas.

Y entre los palacios hay pueblos enteros de barro y de paja: el negro canaco en su choza redonda, el de Futa-Jalón cociendo el hierro en su horno de tierra, el de Kedugú, con su calzón de plumas, en la torre redonda en que se defiende del blanco: y al lado, de piedra y con ventanas de pelear, ¡la torre cuadrada en que veintiséis franceses echaron atrás a veinte mil negros, que no podían clavar su lanza de madera en la piedra dura! En la aldea de Anam, con las casas ligeras de techo de picos y corredores, se ve al cochinchino, sentado en la estera leyendo en su libro, que es una hoja larga, enrollada en un palo; y a otro, un actor, que se pinta la cara de bermellón y de negro; y al bonzo rezando, con la capucha por la cabeza y las manos en la falda. Los javaneses, de blusa y calzón ancho, viven felices, con tanto aire y claridad, en su kampong de casas de bambú: de bambú la cerca del pueblo, las casas y las sillas, el granero donde guardan el arroz, y el tendido en que se juntan los viejos a mandar en las cosas de la aldea, y las músicas con que van a buscar a las bailarinas descalzas, de casco de plumas y brazaletes de oro. El kabila, con su albornoz blanco, se pasea a la puerta de su casa de barro, baja y oscura para que el extranjero atrevido no entre a ver las mujeres de la casa, sentadas en el suelo, tejiendo en el telar, con la frente pintada de colores. Detrás está la tienda del kabila, que lleva a los viajes: el pollino se revuelca en el polvo: el hermano echa en un rincón la silla de cuero bordado de oro puro: el viejito a la puerta está montando en el camello a su nieto, que le hala la barba.

Y afuera, al aire libre, es como una locura. Parecen joyas que andan, aquellas gentes de traje de colores. Unos van al café moro, a ver a las moras bailar, con sus velos de gasa y su traje violeta, moviendo despacio los brazos, como si estuvieran dormidas. Otros van al teatro del kampong donde están en hileras unos muñecos de cucurucho, viendo con sus ojos de porcelana a las bayaderas javanesas, que bailan como si no pisasen, y vienen con los brazos abiertos, como mariposas. En un café de mesas coloradas, con letras moras en las paredes, los aissauas, que son como unos locos de religión, se sacan los ojos y se los dejan colgando, y mascan cristal, y comen alacranes vivos, porque dicen que su dios les habla de noche desde el cielo, y se los manda comer. Y en el teatro de los anamitas, los cómicos vestidos de panteras y de generales, cuentan, saltando y aullando, tirándose las plumas de la cabeza y dando vueltas, la historia del príncipe que fue de visita al palacio de un ambicioso, y bebió una taza de té envenenado. Pero ya es de noche, y hora de irse a pensar, y los clarines, con su corneta de bronce, tocan a retirada. Los camellos se echan a correr. El argelino sube al minarete, a llamar a la oración. El anamita saluda tres veces, delante de la pagoda. El negro canaco alza su lanza al cielo. Pasan, comiendo dulces, las bailarinas moras. Y el cielo, de repente, como en una llamarada, se enciende de rojo: ya es como la sangre: ya es como cuando el sol se pone: ya es del color del mar a la hora del amanecer: ya es de un azul como si se entrara por el pensamiento el cielo: ahora blanco, como plata: ahora violeta, como un ramo de lilas: ahora, con el amarillo de la luz, resplandecen las cúpulas de los palacios, como coronas de oro: allá abajo, en lo de adentro de las fuentes, están poniendo cristales de color entre la luz y el agua, que cae en raudales del color del cristal, y echa al cielo encendido sus florones de chispas. La torre, en la claridad, luce en el cielo negro como un encaje rojo, mientras pasan debajo de sus arcos los pueblos del mundo.

El camarón encantado

Cuento de magia del francés Laboulaye.

Allá por un pueblo del mar Báltico, del lado de Rusia, vivía el pobre Loppi, en un casuco viejo, sin más compañía que su hacha y su mujer. El hacha ¡bueno!; pero la mujer se llamaba Masicas, que quiere decir «fresa agria». Y era agria Masicas de veras, como la fresa silvestre. ¡Vaya un nombre: Masicas! Ella nunca se enojaba, por supuesto, cuando le hacían el gusto, o no la contradecían; pero si se quedaba sin el capricho, era de irse a los bosques por no oírla. Se estaba callada de la mañana a la noche, preparando el regaño, mientras Loppi andaba afuera con el hacha, corta que corta, buscando el pan: y en cuanto entraba Loppi, no paraba de regañarlo, de la noche a la mañana. Porque estaban muy pobres, y cuando la gente no es buena, la pobreza los pone de mal humor. De veras que era pobre la casa de Loppi: las arañas no hacían telas en sus rincones porque no había allí moscas que coger, y dos ratones que entraron extraviados, se murieron de hambre.

Un día estuvo Masicas más buscapleitos que de costumbre, y el buen leñador salió de la casa suspirando, con el morral vacío al hombro: el morral de cuero, donde echaba el pico de pan, o la col, o las papas que le daban de limosna. Era muy de mañanita, y al pasar cerca de un charco vio en la yerba húmeda uno que le pareció animal raro y negruzco, de muchas bocas, como muerto o dormido. Era grande por cierto: era un enorme camarón. «¡Al saco el camarón!: con esta cena le vuelve el juicio a esa hambrona de Masicas; ¿quién sabe lo que dice cuando tiene hambre?»Y echó el camarón en el saco.

Pero ¿qué tiene Loppi, que da un salto atrás, que le tiembla la barba, que se pone pálido? Del fondo del saco salió una voz tristísima: el camarón le estaba hablando:

—Párate, amigo, párate, y déjame ir. Yo soy el más viejo de los camarones: más de un siglo tengo yo: ¿qué vas a hacer con este carapacho duro? Sé bueno conmigo, como tú quieres que sean buenos contigo.

—Perdóname, camaroncito, que yo te dejaría ir; pero mi mujer está esperando su cena, y si le digo que encontré el camarón mayor del mundo, y que lo dejé escapar, esta noche sé yo a lo que suena un palo de escoba cuando se lo rompe su mujer a uno en las costillas.

—Y ¿por qué se lo has de decir a tu mujer?

—¡Ay, camaroncito!: eso me dices tú porque no sabes quién es Masicas. Masicas es una gran persona, que lo lleva a uno por la nariz, y uno se deja llevar: Masicas me vuelve del revés, y me saca todo lo que tengo en el corazón: Masicas sabe mucho.

—Pues mira, leñador, que yo no soy camarón como parezco, sino una maga de mucho poder, y si me oyes, tu mujer se contentará, y si no me oyes, toda la vida te has de arrepentir.

—Tú contenta a Masicas, y yo te dejaré ir, que por gusto a nadie le hago daño.

—Dime qué pescado le gusta más a tu mujer.

—Pues el que haya, camarón, que los pobres no escogen: lo que has de hacer es que no vuelva yo con el morral vacío.

—Pues ponme en la yerba, mete en el charco tu morral abierto, y di: «¡Peces, al morral!»

Y tantos peces entraron en el morral que casi se le iba Loppi de las manos. Las manos le bailaban a Loppi del asombro.

—Ya ves, leñador—le dijo el camarón,—que no soy desagradecido. Ven acá todas las mañanas, y en cuanto digas: «¡Al morral, peces!» tendrás el morral lleno, de los peces colorados, de los peces de plata, de los peces amarillos. Y si quieres algo más, ven y dime así:

«Camaroncito duro,

Sácame del apuro»:

y yo saldré, y veré lo que puedo hacer por ti. Pero mira, ten juicio, y no le digas a tu mujer lo que ha sucedido hoy.

—Probaré, señora maga, probaré—dijo el leñador; y puso en la yerba con mucho cuidado el camarón milagroso, que se metió de un salto en el agua.

Iba como la pluma Loppi, de vuelta a su casa. El morral no le pesaba, pero lo puso en el suelo antes de llegar a la puerta, porque ya no podía más de la curiosidad. Y empezaron los peces a saltar, primero un lucio como de una vara, luego una carpa, radiante como el oro, luego dos truchas, y un mundo de meros. Masicas abrazó a Loppi, y lo volvió a abrazar, y le dijo: «¡leñadorcito mío!»

—Ya ves, ya ves, Loppi, lo que nos sucede por haber oído a tu mujer y salir temprano a buscar fortuna. Anda a la huerta, anda, y tráeme unos ajos y cebollas, y tráeme unas setas: anda, anda al monte, leñadorcito, que te voy a hacer una sopa que no la come el rey. Y la carpa la asaremos: ni un regidor va a comer mejor que nosotros.

Y fue muy buena por cierto la comida, porque Masicas no hacía sino lo que quería Loppi, y Loppi estaba pensando en cuando la conoció, que era como una rosa fina, y no le hablaba del miedo. Pero al otro día no le hizo Masicas tantas fiestas al morral de pescados. Y al otro, se puso a hablar sola. Y el sábado, le sacó la lengua en cuanto lo vio venir. Y el domingo, se le fue encima a Loppi, que volvía con su morral a cuestas.

—¡Mal marido, mal hombre, mal compañero! ¡que me vas a matar a pescado! ¡que de verte el morral me da el alma vueltas!

—Y ¿qué quieres que te traiga, pues?—dijo el pobre Loppi.

—Pues lo que comen todas las mujeres de los leñadores honrados: una sopa buena y un trozo de tocino.

«Con tal—pensó Loppi—que la maga me quiera hacer este favor.»

Y al otro día a la mañanita fue al charco, y se puso a dar voces:

«Camaroncito duro,

Sácame del apuro.»

y el agua se movió, y salió una boca negra, y luego otra boca, y luego la cabeza, con dos ojos grandes que resplandecían.

—¿Qué quiere el leñador?

—Para mí, nada; nada para mí, camaroncito: ¿qué he de querer yo? Pero ya mi mujer se cansó del pescado, y quiere ahora sopa y un trozo de tocino.

—Pues tendrá lo que quiere tu mujer—respondió el camarón.—Al sentarte esta noche a la mesa, dale tres golpes con el dedo meñique, y di a cada golpe: «¡Sopa, aparece: aparece, tocino!»Y verás que aparecen. Pero ten cuidado, leñador, que si tu mujer empieza a pedir, no va a acabar nunca.

—Probaré, señora maga, probaré—dijo Loppi, suspirando.

Como una ardilla, como una paloma, como un cordero estuvo al otro día en la mesa Masicas, que comió sopa dos veces, y tocino tres, y luego abrazó a Loppi, y lo llamó: «Loppi de mi corazón».

Pero a la semana justa, en cuanto vio en la mesa el tocino y la sopa, se puso colorada de la ira, y le dijo a Loppi con los puños alzados:

—¿Hasta cuándo me has de atormentar, mal marido, mal compañero, mal hombre? ¿que una mujer como yo ha de vivir con caldo y manteca?

—Pero ¿qué quieres, amor mío, qué quieres?

—Pues quiero una buena comida, mal marido: un ganso asado, y unos pasteles para postres.

En toda la noche no cerró Loppi los ojos, pensando en el amanecer, y en los puños alzados de Masicas, que le parecieron un ganso cada uno. Y a paso de moribundo se fue arrimando al charco a los claros del día. Y las voces que daba parecían hilos, por lo tristes, por lo delgadas:

«Camaroncito duro,

Sácame del apuro.»

—¿Qué quiere el leñador?

—Para mí, nada: ¿qué he de querer yo? Pero ya mi mujer se está cansando del tocino y la sopa. Yo no, yo no me canso, señora maga. Pero mi mujer se ha cansado, y quiere algo ligero, así como un gansito asado, así como unos pastelitos.

—Pues vuélvete a tu casa, leñador, y no tienes que venir cuando tu mujer quiera cambiar de comida, sino pedírselo a la mesa, que yo le mandaré a la mesa que se lo sirva.

En un salto llegó Loppi a su casa, e iba riendo por el camino, y tirando por el aire el sombrero. Llena estaba ya la mesa de platos, cuando él llegó, con cucharas de hierro, y tenedores de tres puntas, y una jarra de estaño: y el ganso con papas, y un pudín de ciruelas. Hasta un frasco de anisete había en la mesa, con su forro de paja.

Pero Masicas estaba pensativa. Y a Loppi ¿quién le daba todo aquello? Ella quería saber: «¡Dímelo, Loppi!»Y Loppi se lo dijo, cuando ya no quedaba del anisete más que el forro de paja, y estaba Masicas más dulce que el anís. Pero ella prometió no decírselo a nadie: no había una vecina en doce leguas a la redonda.

A los pocos días, una tarde que Masicas había estado muy melosa, le contó a Loppi muchos cuentos y le acabó así el discurso:

—Pero, Loppi mío, ya tú no piensas en tu mujercita: comer, es verdad, come mejor que la reina; pero tu mujercita anda en trapos, Loppi, como la mujer de un pordiosero. Anda, Loppi, anda, que la maga no te tendrá a mal que quieras vestir bien a tu mujercita.

A Loppi le pareció que Masicas tenía mucha razón, y que no estaba bien sentarse a aquella mesa de lujo con el vestido tan pobre. Pero la voz se le resistía cuando a la mañanita llamó al camarón encantado:

«Camaroncito duro,

Sácame del apuro.»

El camarón entero sacó el cuerpo del agua.

—¿Qué quiere el leñador?

—Para mí, nada; ¿qué puedo yo querer? Pero mi mujer está triste, señora maga, porque se ve tan mal vestida, y quiere que su señoría me dé poder para tenerla con traje de señora.

El camarón se echó a reír, y estuvo riendo un rato, y luego dijo a Loppi: «Vuélvete a casa, leñador, que tu mujer tendrá lo que desea.»

—¡Oh, señor camarón! ¡oh, señora maga! ¡déjeme que le bese la patica izquierda, la que está del lado del corazón! ¡déjeme que se la bese!

Y se fue cantando un canto que le había oído a un pájaro dorado que le daba vueltas a una rosa: y cuando entró a su casa vio a una bella señora, y la saludó hasta los pies; y la señora se echó a reír, porque era Masicas, su linda Masicas, que estaba como un sol de la hermosura. Y se tomaron los dos de la mano, y bailaron en redondo, y se pusieron a dar brincos.

A los pocos días Masicas estaba pálida, como quien no duerme, y con los ojos colorados, como de mucho llorar. «Y dime, Loppi», le decía una tarde, con un pañuelo de encaje en la mano: «¿de qué me sirve tener tan buen vestido sin un espejo donde mirarme, ni una vecina que me pueda ver, ni más casa que este casuco? Loppi, dile a la maga que esto no puede ser.»Y lloraba Masicas, y se secaba los ojos colorados con su pañuelo de encaje: «Dile, Loppi, a la maga que me dé un castillo hermoso, y no le pediré nada más.»

—¡Masicas, tú estás loca! Tira de la cuerda y se reventará. Conténtate, mujer, con lo que tienes, que si no, la maga te castigará por ambiciosa.

—¡Loppi, nunca serás más que un zascandil! ¡El que habla con miedo se queda sin lo que desea! Háblale a la maga como un hombre. Háblale, que yo estoy aquí para lo que suceda.

Y el pobre Loppi volvió al charco, como con piernas postizas. Iba temblando todo él. ¿Y si el camarón se cansaba de tanto pedirle, y le quitaba cuanto le dio? ¿Y si Masicas lo dejaba sin pelo si volvía sin el castillo? Llamó muy quedito:

«Camaroncito duro,

Sácame del apuro.»

—¿Qué quiere el leñador?—dijo el camarón, saliendo del agua poco a poco.

—Nada para mí: ¿qué más podría yo querer? Pero mi mujer no está contenta y me tiene en tortura, señora maga, con tantos deseos.

—¿Y qué quiere la señora, que ya no va a parar de querer?

—Pues una casa, señora maga, un castillito, un castillo. Quiere ser princesa del castillo, y no volverá a pedir nada más.

—Leñador—dijo el camarón, con una voz que Loppi no le conocía:—tu mujer tendrá lo que desea.—Y desapareció en el agua de repente.

A Loppi le costó mucho trabajo llegar a su casa, porque estaba cambiado todo el país, y en vez de matorrales había ganados y siembras hermosas, y en medio de todo una casa muy rica con un jardín lleno de flores. Una princesa bajó a saludarlo a la puerta del jardín, con un vestido de plata. Y la princesa le dio la mano. Era Masicas: «Ahora sí, Loppi, que soy dichosa. Eres muy bueno, Loppi. La maga es muy buena.»Y Loppi se echó a llorar de alegría.

Vivía Masicas con todo el lujo de su señorío. Los barones y las baronesas se disputaban el honor de visitarla: el gobernador no daba orden sin saber si le parecía bien: no había en todo el país quien tuviera un castillo más opulento, ni coches con más oro, ni caballos más finos. Sus vacas eran inglesas, sus perros de San Bernardo, sus gallinas de Guinea, sus faisanes de Terán, sus cabras eran suizas. ¿Qué le faltaba a Masicas, que estaba siempre tan llena de pesar? Se lo dijo a Loppi, apoyando en su hombro la cabeza. Masicas quería algo más. Quería ser reina Masicas:«¿No ves que para reina he nacido yo?

¿No ves, Loppi mío, que tú mismo me das siempre la razón, aunque eres más terco que una mula? Ya no puedo esperar, Loppi. Dile a la maga que quiero ser reina.»

Loppi no quería ser rey. Almorzaba bien, comía mejor; ¿a qué los trabajos de mandar a los hombres? Pero cuando Masicas decía a querer, no había más remedio que ir al charco. Y al charco fue al salir el sol, limpiándose los sudores, y con la sangre a medio helar. Llegó. Llamó.

«Camaroncito duro,

Sácame del apuro.»

Vio salir del agua las dos bocas negras. Oyó que le decían «¿qué quiere el leñador?»pero no tenía fuerzas para dar su recado. Al fin dijo tartamudeando:

—Para mí, nada: ¿qué pudiera yo pedir? Pero se ha cansado mi mujer de ser princesa.

—¿Y qué quiere ahora ser la mujer del leñador?

—¡Ay, señora maga!: reina quiere ser.

—¿Reina no más? Me salvaste la vida, y tu mujer tendrá lo que desea. ¡Salud, marido de la reina!

Y cuando Loppi volvió a su casa, el castillo era un palacio, y Masica tenía puesta la corona. Los lacayos, los pajes, los chambelanes, con sus medias de seda y sus casaquines, iban detrás de la reina Masicas, cargándole la cola.

Y Loppi almorzó contento, y bebió en copa tallada su anisete más fino, seguro de que Masicas tenía ya cuanto podía tener. Y dos meses estuvo almorzando pechugas de faisán con vinos olorosos, y paseando por el jardín con su capa de armiño y su sombrero de plumas, hasta que un día vino un chambelán de casaca carmesí con botones de topacio, a decirle que la reina lo quería ver, sentada en su trono de oro.

—Estoy cansada de ser reina, Loppi. Estoy cansada de que todos estos hombres me mientan y me adulen. Quiero gobernar a hombres libres. Ve a ver a la maga por última vez. Ve: dile lo que quiero.

—Pero ¿qué quieres entonces, infeliz? ¿Quieres reinar en el cielo donde están los soles y las estrellas, y ser dueña del mundo?

—Que vayas te digo, y le digas a la maga que quiero reinar en el cielo, y ser dueña del mundo.

—Que no voy, te digo, a pedirle a la maga semejante locura.

—Soy tu reina, Loppi, y vas a ver a la maga, o mando que te corten la cabeza.

—Voy, mi reina, voy.—Y se echó al brazo el manto de armiño, y salió corriendo por aquellos jardines, con su sombrero de plumas. Iba como si le corrieran detrás, alzando los brazos, arrodillándose en el suelo, golpeándose la casaca bordada de colores: «¡Tal vez—pensaba Loppi—tal vez el camarón tenga piedad de mí!» Y lo llamó desde la orilla, con voz como un gemido:

«Camaroncito duro,

Sácame del apuro.»

Nadie respondió. Ni una hoja se movió. Volvió a llamar, con la voz como un soplo.

—¿Qué quiere el leñador?—respondió otra voz terrible.

—Para mí, nada: ¿qué he de querer para mí? Pero la reina, mi mujer, quiere que le diga a la señora maga su último deseo: el último, señora maga.

—¿Qué quiere ahora la mujer del leñador?

Loppi, espantado, cayó de rodillas.

—¡Perdón, señora, perdón! ¡Quiere reinar en el cielo, y ser dueña del mundo!

El camarón dio una vuelta en redondo, que le sacó al agua espuma, y se fue sobre Loppi, con las bocas abiertas:

—¡A tu rincón, imbécil, a tu rincón! ¡los maridos cobardes hacen a las mujeres locas! ¡abajo el palacio, abajo el castillo, abajo la corona! ¡A tu casuca con tu mujer, marido cobarde! ¡A tu casuca con el morral vacío!

Y se hundió en el agua, que silbó como cuando mojan un hierro caliente.

Loppi se tendió en la yerba, como herido de un rayo. Cuando se levantó, no tenía en la cabeza el sombrero de plumas, ni llevaba al brazo el manto de armiño, ni vestía la casaca bordada de colores. El camino era oscuro, y matorral, como antes. Membrillos empolvados y pinos enfermos eran la única arboleda. El suelo era, como antes, de pozos y pantanos. Cargaba a la espalda su morral vacío. Iba, sin saber que iba, mirando a la tierra.

Y de pronto sintió que le apretaban el cuello dos manos feroces.

—¿Estás aquí, monstruo? ¿Estás aquí, mal marido? ¡Me has arruinado, mal compañero! ¡Muere a mis manos, mal hombre!

—¡Masicas, que te lastimas! ¡Oye a tu Loppi, Masicas!

Pero las venas de la garganta de la mujer se hincharon, y reventaron, y cayó muerta, muerta de la furia. Loppi se sentó a sus pies, le compuso los harapos sobre el cuerpo, y le puso de almohada el morral vacío. Por la mañana, cuando salió el sol, Loppi estaba tendido junto a Masicas, muerto.

El Padre las Casas.

Cuatro siglos es mucho, son cuatrocientos años. Cuatrocientos años hace que vivió el Padre las Casas, y parece que está vivo todavía, porque fue bueno. No se puede ver un lirio sin pensar en el Padre las Casas, porque con la bondad se le fue poniendo de lirio el color, y dicen que era hermoso verlo escribir, con su túnica blanca, sentado en su sillón de tachuelas, peleando con la pluma de ave porque no escribía de prisa. Y otras veces se levantaba del sillón, como si le quemase: se apretaba las sienes con las dos manos, andaba a pasos grandes por la celda, y parecía como si tuviera un gran dolor. Era que estaba escribiendo, en su libro famoso de la *Destrucción de las Indias*, los horrores que vio en las Américas cuando vino de España la gente a la conquista. Se le encendían los ojos, y se volvía a sentar, de codos en la mesa, con la cara llena de lágrimas. Así pasó la vida, defendiendo a los indios.

Aprendió en España a licenciado, que era algo en aquellos tiempos, y vino con Colón a la isla Española en un barco de aquellos de velas infladas y como cáscara de nuez. Hablaba mucho a bordo, y con muchos latines. Decían los marineros que era grande su saber para un mozo de veinticuatro años. El sol, lo veía él siempre salir sobre cubierta. Iba alegre en el barco, como aquel que va a ver maravillas. Pero desde que llegó, empezó a hablar poco. La tierra, sí, era muy hermosa, y se vivía como en una flor: ¡pero aquellos conquistadores asesinos debían de venir del infierno, no de España! Español era él también, y su padre, y su madre; pero él no salía por las islas Lucayas a robarse a los indios libres: ¡porque en diez años ya no quedaba indio vivo de los tres millones, o más, que hubo en la Española!: él no los iba cazando con perros hambrientos, para matarlos a trabajo en las minas: él no les quemaba las manos y los pies cuando se sentaban porque no podían andar, o se les caía el pico porque ya no tenían fuerzas: él no los azotaba, hasta verlos desmayar, porque no sabían decirle a su amo donde había más oro: él no se gozaba con sus amigos, a la hora de comer, porque el indio de la mesa no pudo con la carga que traía de la mina, y le mandó cortar en castigo las orejas: él no se ponía el jubón de lujo, y aquella capa que llamaban ferreruelo, para ir muy galán a la plaza a las doce, a ver la quema que mandaba hacer la justicia del gobernador, la quema de los cinco indios. El los vio quemar, los vio mirar con desprecio desde la hoguera a sus verdugos; y ya nunca se puso más que el jubón negro ni cargó caña de oro, como los otros licenciados ricos y regordetes, sino que se fue a consolar a los indios por el monte, sin más ayuda que su bastón de rama de árbol.

Al monte se habían ido, a defenderse, cuantos indios de honor quedaban en la Española. Como amigos habían recibido ellos a los hombres blancos de las barbas: ellos les habían regalado con su miel y su maíz, y el mismo rey Behechío le dio de mujer a un español hermoso su hija Higuemota, que era como la torcaza y como la palma real: ellos les habían enseñado sus montañas de oro, y sus ríos de agua de oro, y sus adornos, todos de oro fino, y les habían puesto sobre la coraza y guanteletes de la armadura pulseras de las suyas, y collares de oro: ¡y aquellos hombres crueles los cargaban de cadenas; les quitaban sus indias, y sus hijos; los metían en lo hondo de la mina, a halar la carga de piedra con la frente; se los repartían, y los marcaban con el hierro, como esclavos!: en la carne viva los marcaban con el hierro. En aquel país de pájaros y de frutas los hombres eran bellos y amables; pero no eran fuertes. Tenían el pensamiento azul como el cielo, y claro como el arroyo; pero no sabían matar, forrados de hierro, con el arcabuz cargado de pólvora. Con huesos de frutas y con gajos de mamey no se puede atravesar una coraza. Caían, como las plumas y las hojas. Morían de pena, de furia, de fatiga, de hambre, de mordidas de perros. ¡Lo mejor era irse al monte, con el valiente Guaroa, y con el niño

Guarocuya, a defenderse con las piedras, a defenderse con el agua, a salvar al reyecito bravo, a Guairocuya! El saltaba el arroyo, de orilla a orilla; él clavaba la lanza lejos, como un guerrero; a la hora de andar, a la cabeza iba él; se le oía la risa de noche, como un canto; lo que él no quería era que lo llevase nadie en hombros. Así iban por el monte, cuando se les apareció entre los españoles armados el Padre las Casas, con sus ojos tristísimos, en su jubón y su ferreruelo. El no les disparaba el arcabuz: él les abría los brazos. Y le dio un beso a Guarocuya.

Ya en la isla lo conocían todos, y en España hablaban de él. Era flaco, y de nariz muy larga, y la ropa se le caía del cuerpo, y no tenía más poder que el de su corazón; pero de casa en casa andaba echando en cara a los encomenderos la muerte de los indios de las encomiendas; iba a palacio, a pedir al gobernador que mandase cumplir las ordenanzas reales; esperaba en el portal de la audiencia a los oidores, caminando de prisa, con las manos a la espalda, para decirles que venía lleno de espanto, que había visto morir a seis mil niños indios en tres meses. Y los oidores le decían: «Cálmese, licenciado, que ya se hará justicia»: se echaban el ferreruelo al hombro, y se iban a merendar con los encomenderos, que eran los ricos del país, y tenían buen vino y buena miel de Alcarria. Ni merienda ni sueño había para las Casas: sentía en sus carnes mismas los dientes de los molosos que los encomenderos tenían sin comer, para que con el apetito les buscasen mejor a los indios cimarrones: le parecía que era su mano la que chorreaba sangre, cuando sabía que, porque no pudo con la pala, le habían cortado a un indio la mano: creía que él era el culpable de toda la crueldad, porque no la remediaba; sintió como que se iluminaba y crecía, y como que eran sus hijos todos los indios americanos. De abogado no tenía autoridad, y lo dejaban solo: de sacerdote tendría la fuerza de la Iglesia, y volvería a España, y daría los recados del cielo, y si la corte no acababa con el asesinato, con el tormento, con la esclavitud, con las minas, haría temblar a la corte. Y el día en que entró de sacerdote, toda la isla fue a verlo, con el asombro de que tomara aquella carrera un licenciado de fortuna: y las indias le echaron al pasar a sus hijitos, a que le besasen los hábitos.

Entonces empezó su medio siglo de pelea, para que los indios no fuesen esclavos; de pelea en las Américas; de pelea en Madrid; de pelea con el rey mismo: contra España toda, él solo, de pelea. Colón fue el primero que mandó a España a los indios en esclavitud, para pagar con ellos las ropas y comidas que traían a América los barcos españoles. Y en América había habido repartimiento de indios, y cada cual de los que vino de conquista, tomó en servidumbre su parte de la indiada, y la puso a trabajar para él, a morir para él, a sacar el oro de que estaban llenos los montes y los ríos. La reina, allá en España, dicen que era buena, y mandó a un gobernador que sacase a los indios de la esclavitud; pero los encomenderos le dieron al gobernador buen vino, y muchos regalos, y su porción en las ganancias, y fueron más que nunca los muertos, las manos cortadas, los siervos de las encomiendas, los que se echaban de cabeza al fondo de las minas. «Yo, he visto traer a centenares maniatadas a estas amables criaturas, y darles muerte a todas juntas, como a las ovejas.»Fue a Cuba de cura con Diego Velázquez, y volvió de puro horror, porque antes que para hacer casas, derribaban los árboles para ponerlos de leñas a las quemazones de los taínos. En una isla donde había quinientos mil, «vio con sus ojos»los indios que quedaban: once. Eran aquellos conquistadores soldados bárbaros, que no sabían los mandamientos de la ley, ¡y tomaban a los indios de esclavos, para enseñarles la doctrina cristiana, a latigazos y a mordidas! De noche, desvelado de la angustia, hablaba con su amigo Rentería, otro español de oro. ¡Al rey había que ir a pedir justicia, al rey Fernando de Aragón! Se embarcó en la galera de tres palos, y se fue a ver al rey.

Seis veces fue a España, con la fuerza de su virtud, aquel padre que «no probaba carne». Ni al rey le tenía él miedo, ni a la tempestad. Se iba a cubierta cuando el tiempo era malo; y en la bonanza se estaba el día en el puente, apuntando sus razones en papel de hilo, y dando a que le llenaran de tinta el tintero de cuerno, «porque la maldad no se cura sino con decirla, y hay mucha maldad que decir, y la estoy poniendo donde no me la pueda negar nadie, en latín y en castellano». Si en Madrid estaba el rey, antes que a la posada a descansar del viaje, iba al palacio. Si estaba en Viena, cuando el rey Carlos de los españoles era emperador de Alemania, se ponía un hábito nuevo, y se iba a Viena. Si era su enemigo Fonseca el que mandaba en la junta de abogados y clérigos que tenía el rey para las cosas de América, a su enemigo se iba a ver, y a ponerle pleito al Consejo de Indias. Si el cronista Oviedo, el de la «Natural Historia de las Indias», había escrito de los americanos las falsedades que los que tenían las encomiendas le mandaban poner, le decía a Oviedo mentiroso, aunque le estuviera el rey pagando por escribir las mentiras. Si Sepúlveda, que era el maestro del rey Felipe, defendía en sus «Conclusiones» el derecho de la corona a repartir como siervos, y a dar muerte a los indios, porque no eran cristianos, a Sepúlveda le decía que no tenían culpa de estar sin la cristiandad los que no sabían que hubiera Cristo, ni conocían las lenguas en que de Cristo se hablaba, ni tenían más noticia de Cristo que la que les habían llevado los arcabuces. Y si el rey en persona le arrugaba las cejas, como para cortarle el discurso, crecía unas cuantas pulgadas a la vista del rey, se le ponía ronca y fuerte la voz, le temblaba en el puño el sombrero, y al rey le decía, cara a cara, que el que manda a los hombres ha de cuidar de ellos, y si no los sabe cuidar, no los puede mandar, y que lo había de oír en paz, porque él no venía con manchas de oro en el vestido blanco, ni traía más defensa que la cruz.

O hablaba, o escribía, sin descanso. Los frailes dominicanos lo ayudaban, y en el convento de los frailes se estuvo ocho años, escribiendo. Sabía religión y leyes, y autores latinos, que era cuanto en su tiempo se aprendía; pero todo lo usaba hábilmente para defender el derecho del hombre a la libertad, y el deber de los gobernantes de respetárselo. Eso era mucho decir, porque por eso quemaban entonces a los hombres. Llorente, que ha escrito la «Vida de Las Casas» escribió también la «Historia de la Inquisición» que era quien quemaba: el rey iba de gala a ver la quemazón, con la reina y los caballeros de la corte: delante de los condenados venían cantando los obispos, con un estandarte verde: de la hoguera salía un humo negro. Y Fonseca y Sepúlveda querían que «el clérigo» las Casas dijese en sus disputas algún pecado contra la autoridad de la Iglesia, para que los inquisidores lo condenaran por hereje. Pero «el clérigo» le decía a Fonseca: «¡Lo que yo digo es lo que dijo en su testamento la buena reina Isabel; y tú me quieres mal y me calumnias, porque te quito el pan de sangre que comes, y acuso la encomienda de indios que tienes en América!» Y a Sepúlveda, que ya era confesor de Felipe II, le decía: «Tú eres disputador famoso, y te llaman el Livio de España por tus historias; pero yo no tengo miedo al elocuente que habla contra su corazón, y que defiende la maldad, y te desafío a que me pruebes en plática abierta que los indios son malhechores y demonios, cuando son claros y buenos como la luz del día, e inofensivos y sencillos como las mariposas.» Y duró cinco días la plática con Sepúlveda. Sepúlveda empezó con desdén, y acabó turbado. El clérigo lo oía con la cabeza baja y los labios temblorosos, y se le veía hincharse la frente. En cuanto Sepúlveda se sentaba satisfecho, como el que hincó el alfiler donde quiso, se ponía el clérigo en pie, magnífico, regañón, confuso, apresurado. «¡No es verdad que los indios de México mataran cincuenta mil en sacrificios al año, sino veinte apenas, que es menos de lo que mata España en la horca!» «¡No es verdad que sean gente bárbara y de pecados horribles, porque no hay pecado suyo que no lo tengamos más los europeos; ni somos nosotros quién, con todos nuestros cañones y nuestra avaricia, para comparamos con ellos en tiernos y amigables; ni es para tratado como a fiera un pueblo que tiene virtudes, y poetas, y oficios, y gobierno, y artes!» «¡No es verdad, sino, iniquidad, que el modo mejor que tenga el rey para hacerse de súbditos sea exterminarlos, ni el modo mejor de enseñar la religión a un indio sea echarlo en nombre de la religión a los trabajos de las bestias; y quitarle los hijos y lo que tiene de comer; y ponerlo a halar de la carga con la frente como los bueyes!»Y citaba versículos de la Biblia, artículos de la ley, ejemplos de la historia, párrafos de los autores latinos, todo revuelto y de gran hermosura, como caen las aguas de un torrente, arrastrando en la espuma las piedras y las alimañas del monte.

Solo estuvo en la pelea; solo cuando Fernando, que a nada se supo atrever, ni quería descontentar a los de la conquista, que le mandaban a la corte tan buen oro; solo cuando Carlos V, que de niño lo oyó con veneración, pero lo engañaba después, cuando entró en ambiciones que requerían mucho gastar, y no estaba para ponerse por las «cosas del clérigo» en contra de los de América, que le enviaban de tributo los galeones de oro y joyas; solo cuando Felipe II, que se gastó un reino en procurarse otro, y lo dejó todo a su muerte envenenado y frío, como el agujero en que ha dormido la víbora. Si iba a ver al rey, se encontraba la antesala llena de amigos de los encomenderos, todos de seda sombreros de plumas, con collares de oro de los indios americanos: al ministro no le podía hablar, porque tenía encomiendas él, y tenía minas, o gozaba los frutos de las que poseía en cabeza de otros. De miedo de perder el favor de la corte, no le ayudaban los mismos que no tenían en América interés. Los que más lo respetaban, por bravo, por justo, por astuto, por elocuente, no lo querían decir, o lo decían donde no los oyeran: porque los hombres suelen admirar al virtuoso mientras no los avergüenza con su virtud o les estorba las ganancias; pero en cuanto se les pone en su camino, bajan los ojos al verlo pasar, o dicen maldades de él, o dejan que otros las digan, o lo saludan a medio sombrero, y le van clavando la puñalada en la sombra. El hombre virtuoso debe ser fuerte de ánimo, y no tenerle miedo a la soledad, ni esperar a que los demás le ayuden, porque estará siempre solo: ¡pero con la alegría de obrar bien, que se parece al cielo de la mañana en la claridad!

Y como él era tan sagaz que no decía cosa que pudiera ofender al rey ni a la Inquisición, sino que pedía la bondad con los indios para bien del rey, y para que se hiciesen más de veras cristianos, no tenían los de la corte modo de negársele a las claras, sino que fingían estimarle mucho el celo, y una vez le daban el título de «Protector Universal de los Indios», con la firma de Fernando, pero sin modo de que le acatasen la autoridad de proteger; y otra, al cabo de cuarenta años de razonar, le dijeron que pusiera en papel las razones por que opinaba que no debían ser esclavos los indios; y otra le dieron poder para que llevase trabajadores de España a una colonia de Cumaná donde se había de ver a los indios con amor, y no halló en toda España sino cincuenta que quisieran ir a trabajar, los cuales fueron, con un vestido que tenía una cruz al pecho, pero no pudieron poner la colonia, porque el «adelantado» había ido antes que ellos con las armas, y los indios enfurecidos disparaban sus flechas de punta envenenada contra todo el que llevaba cruz. Y por fin le encargaron, como por entretenerlo, que pidiese las leyes que le parecían a él bien para los indios, «¡cuantas leyes quisiera, pues que por ley más o menos no hemos de pelear!», y él las escribía, y las mandaba el rey cumplir, pero en el barco iba la ley, y el modo de desobedecerla. El rey le daba audiencia, y hacía como que le tomaba consejo; pero luego entraba Sepúlveda, con sus pies blandos y sus ojos de zorra, a traer los recados de los que mandaban los galeones, Y lo que se hacía de verdad era lo que decía Sepúlveda. Las Casas lo sabía, lo sabía bien; pero ni bajó el tono, ni se cansó de acusar, ni de llamar crimen a lo que era, ni de contar en su

«Descripción» las «crueldades», para que el rey mandara al menos que no fuesen tantas, por la vergüenza de que las supiera el mundo. El nombre de los malos no lo decía, porque era noble y les tuvo compasión. Y escribía como hablaba, con la letra fuerte y desigual, llena de chispazos de tinta, como caballo que lleva de jinete a quien quiere llegar pronto, y va levantando el polvo y sacando luces de la piedra.

Fue obispo por fin, pero no de Cusco, que era obispado rico, sino de Chiapas, donde por lo lejos que estaba el virrey, vivían los indios en mayor esclavitud. Fue a Chiapas, a llorar con los indios; pero no sólo a llorar, porque con lágrimas y quejas no se vence a los pícaros, sino a acusarlos sin miedo, a negarles la iglesia a los españoles que no cumplían con la ley nueva que mandaba poner libres a los indios, a hablar en los consejos del ayuntamiento, con discursos que eran a la vez tiernos y terribles, y dejaban a los encomenderos atrevidos como los árboles cuando ha pasado el vendabal. Pero los encomenderos podían más que él, porque tenían el gobierno de su lado; y le componían cantares en que le decían traidor y español malo; y le daban de noche músicas de cencerro, y le disparaban arcabuces a la puerta para ponerlo en temor, y le rodeaban el convento armados,—todos armados, contra un viejo flaco y solo. Y hasta le salieron al camino de Ciudad Real para que no volviera a entrar en la población. El venía a pie, con su bastón, y con dos españoles buenos, y un negro que lo quería como a padre suyo: porque es verdad que las Casas por el amor de los indios, aconsejó al principio de la conquista que se siguiese trayendo esclavos negros, que resistían mejor el calor; pero luego que los vio padecer, se golpeaba el pecho, y decía: «¡con mi sangre quisiera pagar el pecado de aquel consejo que di por mi amor a los indios!» Con su negro cariñoso venía, y los dos españoles buenos. Venía tal vez de ver cómo salvaba a la pobre india que se le abrazó a las rodillas a la puerta de su templo mexicano, loca de dolor porque los españoles le habían matado al marido de su corazón, que fue de noche a rezarles a los dioses: ¡y vio de pronto las Casas que eran indios los centinelas que los españoles le habían echado para que no entrase! ¡El les daba a los indios su vida, y los indios venían a atacar a su salvador, porque se lo mandaban los que los azotaban! Y no se quejó, sino que dijo así: «Pues por eso, hijos míos, os tengo de defender más, porque os tienen tan martirizados que no tenéis ya valor ni para agradecer.» Y los indios, llorando, se echaron a sus pies, y le pidieron perdón. Y, entró en Ciudad Real, donde los encomenderos lo esperaban, armados de arcabuz y cañón, como para ir a la guerra. Casi a escondidas tuvo que embarcarlo para España el virrey, porque los encomenderos lo querían matar. El se fue a su convento, a pelear, a defender, a llorar, a escribir. Y murió, sin cansarse, a los noventa y dos años.

Los zapaticos de rosa

A mademoiselle Marie: José Martí

Hay sol bueno y mar de espuma,

Y arena fina, y Pilar

Quiere salir a estrenar

Su sombrerito de pluma.

—«¡Vaya la niña divina!»

Dice el padre, y le da un beso:

«Vaya mi pájaro preso

A buscarme arena fina.»

—«Yo voy con mi niña hermosa»,

Le dijo la madre buena:

«¡No te manches en la arena

Los zapaticos de rosa!»

Fueron las dos al jardín

Por la calle del laurel:

La madre cogió un clavel

Y Pilar cogió un jazmín.

Ella va de todo juego,

Con aro, y balde, y paleta:

El balde es color violeta:

El aro es color de fuego.

Vienen a verlas pasar:

Nadie quiere verlas ir:

La madre se echa a reír,

Y un viejo se echa a llorar.

El aire fresco despeina

A Pilar, que viene y va

Muy oronda:—«¡Di, mamá!

¿Tú sabes qué cosa es reina?»

Y por si vuelven de noche

De la orilla de la mar,

Para la madre y Pilar

Manda luego el padre el coche.

Está la playa muy linda:

Todo el mundo está en la playa:

Lleva espejuelos el aya

De la francesa Florinda.

Está Alberto, el militar

Que salió en la procesión

Con tricornio y con bastón,

Echando un bote a la mar.

¡Y qué mala, Magdalena

Con tantas cintas y lazos,

A la muñeca sin brazos

Enterrándola en la arena!

Conversan allá en las sillas,

Sentadas con los señores,

Las señoras, como flores,

Debajo de las sombrillas.

Pero está con estos modos

Tan serios, muy triste el mar:

¡Lo alegre es allá, al doblar,

En la barranca de todos!

Dicen que suenan las olas

Mejor allá en la barranca,

Y que la arena es muy blanca

Donde están las niñas solas.

Pilar corre a su mamá:

—«¡Mamá, yo voy a ser buena:

Déjame ir sola a la arena:

Allá, tú me ves, allá!»

—«¡Esta niña caprichosa!

No hay tarde que no me enojes:

Anda, pero no te mojes

Los zapaticos de rosa.»

Le llega a los pies la espuma:

Gritan alegres las dos:

Y se va, diciendo adiós,

La del sombrero de pluma.

¡Se va allá, donde ¡muy lejos!

Las aguas son más salobres,

Donde se sientan los pobres,

Donde se sientan los viejos!

Se fue la niña a jugar,

La espuma blanca bajó,

Y pasó el tiempo, y pasó

Un águila por el mar,

Y cuando el sol se ponía

Detrás de un monte dorado,

Un sombrerito callado

Por las arenas venía.

Trabaja mucho, trabaja

Para andar: ¿qué es lo que tiene

Pilar que anda así, que viene

Con la cabecita baja?

Bien sabe la madre hermosa

Por qué le cuesta el andar:

—«¿Y los zapatos, Pilar,

Los zapaticos de rosa?

«¡Ah, loca! ¿en dónde estarán?

¡Di dónde, Pilar!»—«Señora»,

Dice una mujer que llora:

«¡Están conmigo: aquí están!

«Yo tengo una niña enferma

Que llora en el cuarto oscuro

Y la traigo al aire puro

A ver el sol, y a que duerma

«Anoche soñó, soñó

Con el cielo, y oyó un canto:

Me dio miedo, me dio espanto,

Y la traje, y se durmió.

«Con sus dos brazos menudos

Estaba como abrazando;

Y yo mirando, mirando

Sus piececitos desnudos.

«Me llegó al cuerpo la espuma,

Alcé los ojos, y vi

Esta niña frente a mí

Con su sombrero de pluma.

—«¡Se parece a los retratos

Tu niña!» dijo: «¿Es de cera?

¿Quiere jugar? ¡si quisiera!...

¿Y por qué está sin zapatos?»

«Mira: ¡la mano le abrasa,

Y tiene los pies tan fríos!

¡Oh, toma, toma los míos:

Yo tengo más en mi casa!»

«No sé bien, señora hermosa,

Lo que sucedió después:

¡Le vi a mi hijita en los pies

Los zapaticos de rosa!»

Se vio sacar los pañuelos

A una rusa y a una inglesa;

El aya de la francesa

Se quitó los espejuelos.

Abrió la madre los brazos:

Se echó Pilar en su pecho,

Y sacó el traje deshecho,

Sin adornos y sin lazos.

Todo lo quiere saber

De la enferma la señora:

¡No quiere saber que llora

De pobreza una mujer!

—«¡Sí, Pilar, dáselo! ¡y eso

También! ¡tu manta! ¡tu anillo!»

Y ella le dio su bolsillo,

Le dio el clavel, le dio un beso.

Vuelven calladas de noche

A su casa del jardín:

Y Pilar va en el cojín

De la derecha del coche.

Y dice una mariposa

Que vio desde su rosal

Guardados en un cristal

Los zapaticos de rosa.

La última página

Este es el número de *La Edad de Oro*, donde se ve lo viejo y lo nuevo del mundo, y se aprende cómo las cosas de guerra y de muerte no son tan bellas como las de trabajar: ¡a saber si el tiempo del Padre las Casas era mejor que el de la Exposición de París! ¿Y quién es mejor: Masicas, o Pilar? Sólo que en todo lo de esta vida hay siempre un desventurado. Y el desventurado de *La Edad de Oro* es el artículo sobre la *Historia de la Cuchara, el Tenedor y el Cuchillo*, que en cada número se anuncia muy orondo, como si fuera una maravilla, y luego sucede que no queda lugar para él. Lo que le está muy bien empleado, por pedante, y por andarse anunciando así. Las cosas buenas se deben hacer sin llamar al universo para que lo vea a uno pasar. Se es bueno porque sí; y porque allá adentro se siente como un gusto cuando se ha hecho un bien, o se ha dicho algo útil a los demás. Eso es mejor que ser príncipe: ser útil. Los niños debían echarse a llorar, cuando ha pasado el día sin que aprendan algo nuevo, sin que sirvan de algo.

¡Quién sabe si sirve, quién sabe, el artículo de la Exposición de París! Pero va a suceder como con la Exposición, que de grande que es no se la puede ver, toda, y la primera vez se sale de allí como con chispas y joyas en la cabeza, pero luego se ve más despacio, y cada hermosura va apareciendo entera y clara entre las otras. Hay que leerlo dos veces: y leer luego cada párrafo suelto: lo que hay que leer, sobre todo, con mucho cuidado, es lo de los pabellones de nuestra América. Una pena, tiene *La Edad de Oro*, y es que no pudo encontrar lámina del pabellón del Ecuador. ¡Está triste la mesa cuando falta uno de los hermanos!

Un paseo por la tierra de los anamitas

Cuentan un cuento de cuatro hindús ciegos, de allí del Indostán de Asia, que eran ciegos desde el nacer, y querían saber cómo era un elefante. «Vamos, dijo uno, adonde el elefante manso de la casa del rajá, que es príncipe generoso, y nos dejará saber cómo es.» Y a citas del príncipe se fueron, con su turbante blanco y su manto blanco; y oyeron en el camino rugir a la pantera y graznar al faisán de color de oro, que es como un pavo con dos plumas muy largas en la cola; y durmieron de noche en las ruinas de piedra de la famosa Jehanabad, donde hubo antes mucho comercio y poder; y pasaron por sobre un torrente colgándose mano a mano de una cuerda, que estaba a los dos lados levantada sobre una horquilla, como la cuerda floja en que bailan los gimnastas en los circos; y un carretero de buen corazón les dijo que se subieran en su carreta, porque su buey giboso de astas cortas era un buey bonazo, que debió ser algo así como abuelo en otra vida, y no se enojaba porque se le subieran los hombres encima, sino que miraba a los caminantes como convidándoles a entrar en el carro. Y así llegaron los cuatro ciegos al palacio del rajá, que era por fuera como un castillo, y por dentro como una caja de piedras preciosas, lleno todo de cojines y de colgaduras, y el techo bordado, y las paredes con florones de esmeraldas y zafiros, y las sillas de marfil, y el trono del rajá de marfil y de oro. «Venimos, señor rajá, a que nos deje ver con nuestras manos, que son los ojos de los pobres ciegos, cómo es de figura un elefante manso.» «Los ciegos son santos», dijo el rajá, «los hombres que desean saber son santos: los hombres deben aprenderlo todo por sí mismos, y no creer sin preguntar, ni hablar sin entender, ni pensar como esclavos lo que les mandan pensar otros: vayan los cuatro ciegos a ver con sus manos el elefante manso.» Echaron a correr los cuatro, como si les hubiera vuelto de repente la vista: uno cayó de nariz sobre las gradas del trono del rajá: otro dio tan recio contra la pared que se cayó sentado, viendo si se le había ido en el coscorrón algún retazo de cabeza: los otros dos, con los brazos abiertos, se quedaron de repente abrazados. El secretario del rajá los llevó adonde el elefante manso estaba, comiéndose su ración de treinta y nueve tortas de arroz y quince de maíz, en una fuente de plata con el pie de ébano; y cada ciego se echó, cuando el secretario dijo «¡ahora!», encima del elefante, que era de los pequeños y regordetes: uno se le abrazó por una pata: el otro se le prendió a la trompa, y subía en el aire y bajaba, sin quererla soltar: el otro le sujetaba la cola: otro tenía agarrada un asa de la fuente del arroz y el maíz. «Ya sé» decía el de la pata: «el elefante es alto y redondo, como una torre que se mueve.» «¡No es verdad!», decía el de la trompa: «el elefante es largo, y acaba en pico, como un embudo de carne.» «¡Falso y muy falso!», decía el de la cola: «el elefante es como un badajo de campana» «Todos se equivocan, todos; el elefante es de figura de anillo, y no se mueve», decía el del asa de la fuente. Y así son los hombres, que cada uno cree que sólo lo que él piensa y ve es la verdad, y dice en verso y en prosa que no se debe creer sino lo que él cree, lo mismo que los cuatro ciegos del elefante, cuando lo que se ha de hacer es estudiar con cariño lo que los hombres han pensado y hecho, y eso da un gusto grande, que es ver que todos los hombres tienen las mismas penas, y la historia igual, y el mismo amor, y que el mundo es un templo hermoso, donde caben en paz los hombres todos de la tierra, porque todos han querido conocer la verdad, y han escrito en sus libros que es útil ser bueno, y han padecido y peleado por ser libres, libres en su tierra, libres en el pensamiento.

También, y tanto como los más bravos, pelearon, y volverán a pelear, los pobres anamitas, los que viven de pescado y arroz y se visten de seda, allá lejos, en Asia, por la orilla del mar, debajo de China.

No nos parecen de cuerpo hermoso, ni nosotros les parecemos hermosos a ellos: ellos dicen que es un pecado cortarse el pelo, porque la naturaleza nos dio pelo largo, y es un presumido el que se crea más sabio que la naturaleza, así que llevan el pelo en moño, lo mismo que las mujeres: ellos dicen que el sombrero es para que dé sombra, a no ser que se le lleve como señal de mando en la casa del gobernador, que entonces puede ser casquete sin alas: de modo que el sombrero anamita es como un cucurucho, con el pico arriba, y la boca muy ancha: ellos dicen que en su tierra caliente se ha de vestir suelto y ligero, de modo que llegue al cuerpo el aire, y no tener al cuerpo preso entre lanas y casimires, que se beben los rayos del sol, y sofocan y arden: ellos dicen que el hombre no necesita ser de espaldas fuertes, porque los cambodios son más altos y robustos que los anamitas, pero en la guerra los anamitas han vencido siempre a sus vecinos los cambodios; y que la mirada no debe ser azul, porque el azul engaña y abandona, como la nube del cielo y el agua del mar; y que el color no debe ser blanco, porque la tierra, que da todas las hermosuras, no es blanca, sino de los colores de bronce de los anamitas; y que los hombres no deben llevar barba, que es cosa de fieras: aunque los franceses, que son ahora los amos de Anam, responden que esto de la barba no es más que envidia, porque bien que se deja el anamita el poco bigote que tiene: ¿y en sus teatros, quién hace de rey, sino el que tiene la barba más larga? ¿y el mandarín, no sale a las tablas con bigotes de tigre? ¿y los generales, no llevan barba colorada? «¿Y para qué necesitamos tener los ojos más grandes», dicen los anamitas, «ni más juntos a la nariz?: con estos ojos de almendra que tenemos, hemos fabricado el Gran Buda de Hanoi, el dios de bronce, con cara que parece viva, y alto como una torre; hemos levantado la pagoda de Angkor, en un bosque de palmas, con corredores de a dos leguas, y lagos en los patios, y una casa en la pagoda para cada dios, y mil quinientas columnas, y calles de estatuas; hemos hecho en el camino de Saigón a Cholen, la pagoda donde duermen, bajo una corona de torres caladas, los poetas, que cantaron el patriotismo y el amor, los santos que vivieron entre los hombres con bondad y pureza, los héroes que pelearon por libertarnos de los cambodios, de los siameses y de los chinos: y nada se parece tanto, a la luz como los colores de nuestras túnicas de seda. Usamos moño, y sombrero de pico, y calzones anchos, y blusón de color, y somos amarillos, chatos, canijos y feos; pero trabajamos a la vez el bronce y la seda: y cuando los franceses nos han venido a quitar nuestro Hanoi, nuestro Hue, nuestras ciudades de palacios de madera, nuestros puertos llenos de casas de bambú y de barcos de junco, nuestros almacenes de pescado y arroz, todavía, con estos ojos de almendra, hemos sabido morir, miles sobre miles, para cerrarles el camino. Ahora son nuestros amos; pero mañana ¡quién sabe!»

Y se pasean callados, a paso igual y triste, sin sorprenderse de nada, aprendiendo lo que no saben, con las manos en los bolsillos de la blusa: de la blusa azul, sujeta al cuello con un botón de cristal amarillo: y por zapato llevan una suela de cordón, atada al tobillo con cintas. Ese es el traje del pescador; del que fabrica las casas de caña, con el techo de paja de arroz; del marino ligero, en su barca de dos puntas; del ebanista, que maneja la herramienta con los pies y las manos, y embute los adornos de nácar en las camas y sillas de madera preciosa; del tejedor, que con los hilos de plata y de oro borda pájaros de tres cabezas, y leones con picos y alas, y cigüeñas con ojos de hombre, y dioses de mil brazos: ése es el traje del pobre cargador, que se muere joven del cansancio de halar la *djirincka*, que es el coche de dos ruedas, de que va halando el anamita pobre: trota, trota como un caballo: más que el caballo anda, y más aprisa: ¡y dentro, sin pena y sin vergüenza, va un hombre sentado!: como los caballos se mueren después, del mal de correr, los pobres cargadores. Y de beber clarete y borgoña, y del mucho comer, se mueren, colorados y gordos, los que se dejan halar en la *djirincka*, echándose aire con el abanico; los militares ingleses, los empleados franceses, los comerciantes chinos.

¿Y ese pueblo de hombres trotones es el que levantó las pagodas de tres pisos, con lagos en los patios, y casas para cada dios, y calles de estatuas; el que fabricó leones de porcelana y gigantes de bronce; el que tejió la seda con tanto color que centellea al sol, como una capa de brillantes? A eso llegan los pueblos que se cansan de defenderse: a halar como las bestias del carro de sus amos: y el amo va en el carro, colorado y gordo. Los anamitas están ahora cansados. A los pueblos pequeños les cuesta mucho trabajo vivir. El pueblo anamita se ha estado siempre defendiendo. Los vecinos fuertes, el chino y el siamés, lo han querido conquistar. Para defenderse del siamés, entró en amistades con el chino, que le dijo muchos amores, y lo recibió con procesiones y fuegos y fiestas en los ríos, y le llamó «querido hermano». Pero luego que entró en la tierra de Anam, lo quiso mandar como dueño, hace como dos mil años: ¡y dos mil años hace que los anamitas se están defendiendo de los chinos! Y con los franceses les sucedió así también, porque con esos modos de mando que tienen los reyes no llegan nunca los pueblos a crecer, y más allá, que es como en China, donde dicen que el rey es hijo del cielo, y creen pecado mirarlo cara a cara, aunque los reyes saben que son hombres como los demás, y pelean unos contra otros para tener más pueblos y riquezas: y los hombres mueren sin saber porqué, defendiendo a un rey o a otro. En una de esas peleas de reyes andaba por Anam un obispo francés, que hizo creer al rey vencido que Luis XVI de Francia le daría con qué pelear contra el que le quitó el mando al de Anam: y el obispo se fue a Francia con el hijo del rey, y luego vino solo, porque con la revolución que había en París no lo podía Luis XVI ayudar; juntó a los franceses que había por la India de Asia: entró en Anam; quitó el poder al rey nuevo; puso al rey de antes a mandar. Pero quien mandaba de veras eran los franceses, que querían para ellos todo lo del país, y quitaban lo de Anam para poner lo suyo, hasta que Anam vio que aquel amigo de afuera era peligroso, y valía más estar sin el amigo, y lo echó de una pelea de la tierra, que todavía sabía pelear: sólo que los franceses vinieron luego con mucha fuerza, y con cañones en sus barcos de combate, y el anamita no se pudo defender en el mar con sus barcos de junco, que no tenían cañones; ni pudo mantener sus ciudades, porque con lanzas no se puede pelear contra balas; y por Saigón, que fue por donde entró el francés, hay poca piedra con que fabricar murallas; ni estaba el anamita acostumbrado a ese otro modo de pelear, sino a sus guerras de hombre a hombre, con espada y lanza, pecho a pecho los hombres y los caballos. Pueblo a pueblo se ha estado defendiendo un siglo entero del francés, huyéndole unas veces, otras cayéndole encima, con todo el empuje de los caballos, y despedazándole el ejército: China le mandó sus jinetes de pelea, porque tampoco quieren los chinos al extranjero en su tierra, y echarlo de Anam era como echarlo de China: pero él francés es de otro mundo, que sabe más de guerras y de modos de matar; y pueblo a pueblo, con la sangre a la cintura, les ha ido quitando el país a los anamitas.

Los anamitas se pasean, callados, a paso igual y triste, con las manos en los bolsillos de la blusa azul. Trabajan. Parecen plateros finos en todo lo que hacen, en la madera, en el nácar, en la armería, en los tejidos, en las pinturas, en los bordados, en los arados. No aran con caballo ni con buey, sino con búfalo. La tela de los vestidos la pintan a mano. Con los cuchillos de tallar labran en la madera dura pueblos enteros, con la casa al fondo, y los barcos navegando en el río, y la gente a miles en los barcos, y árboles, y faroles, y puentes, y botes de pescadores, todo tan menudo como si lo hubieran hecho con la uña. La casa es como para enanos, y tan bien hecha que parece casa de juguete, toda hecha de piezas. Las paredes, las pintan: los techos, que son de madera, los tallan con mucha labor, como las paredes de afuera: por todos los rincones hay vasos de porcelana, y los grifos de bronce con las alas abiertas, y pantallas de seda bordada, con marcos de bambú. No hay casa sin su ataúd, que es allá un mueble de lujo, con los adornos de nácar: los hijos buenos le dan al padre como regalo un ataúd lujoso, y la muerte es allá como una fiesta, con su música de ruido y sus cantares de pagoda: no les parece que la vida es propiedad del hombre, sino préstamo que le hizo la naturaleza, y morir no es más que volver a la naturaleza de donde se vino, y en la que todo es como hermano del hombre; por lo que suele el que muere decir en su testamento que pongan un brazo o una pierna suya adonde lo puedan picar los pájaros, y devorarlo las fieras, y deshacerlo los animales invisibles que vuelan en el viento. Desde que viven en la esclavitud, van mucho los anamitas a sus pagodas, porque allí les hablan los sacerdotes de los santos del país, que no son los santos de los franceses: van mucho a los teatros, donde no les cuentan cosas de reír, sino la historia de sus generales y de sus reyes: ellos oyen encuclillados, callados, la historia de las batallas.

Por dentro es la pagoda como una cinceladura, con encajes de madera pintada de colores alrededor de los altares; y en las columnas sus mandamientos y sus bendiciones en letras plateadas y doradas; y los santos de oro, familias enteras de santos, en el altar tallado. Delante van y vienen los sacerdotes, con sus manteos de tisú precioso, o de seda verde y azul, y el bonete de tejido de oro, uno con la flor del loto, que es la flor de su dios, por lo hermosa y lo pura, y otro cargándole el manteo al de la flor, y otros cantando: detrás van los encapuchados, que son sacerdotes menores, con músicas y banderines, coreando la oración: en el altar, con sus mitras brillantes, ven la fiesta los dioses sentados. Buda es su gran dios, que no fue dios cuando vivió de veras, sino un príncipe bueno, tan fuerte de cuerpo que mano a mano echaba por tierra a leones jóvenes, y tan hermoso que lo quería como a su corazón el que lo veía una vez, y de tanto pensamiento que no podían los doctores discutir con él, porque de niño sabía más que los doctores más sabios y viejos. Y luego se casó, y quería mucho a su mujer y a su hijo; pero una tarde que salió en su carro de perlas y plata a pasear, vio a un viejo pobre, vestido de harapos, y volvió del paseo triste: y otra tarde vio a un moribundo, y no quiso pasear más: y otra tarde vio a un muerto, y su tristeza fue ya mucha: y otra vio a un monje que pedía limosnas, y el corazón le dijo que no debía andar en carro de plata y de perlas, sino pensar en la vida, que tenía tantas penas, y vivir solo, donde se pudiera pensar, y pedir limosna para los infelices, como el monje. Tres veces le dio en su palacio la vuelta a la cama de su mujer y de su hijo, como si fuera un altar, y sollozó: y sintió como que el corazón se le moría en el pecho. Pero se fue, en lo oscuro de la noche, al monte, a pensar en la vida, que tenía tanta pena, a vivir sin deseos y sin mancha, a decir sus pensamientos a los que se los querían oír, a pedir limosna para los pobres, como el monje. Y no comía, más que lo que un pájaro: y no bebía, más que para no morirse de sed: y no dormía, sino sobre la tierra de su cabaña: y no andaba, sino con los pies descalzos. Y cuando el demonio Mara le venía a hablar de la hermosura de su mujer, y de las gracias de su niño, y de la riqueza de su palacio, y de la arrogancia de mandar en su pueblo como rey, él llamaba a sus discípulos, para consagrarse otra vez ante ellos a la virtud: y el demonio Mara huía espantado. Esas son cosas que los hombres sueñan, y llaman demonios a los consejos malos que vienen de lado feo del corazón; sólo que como el hombre se ve con cuerpo y nombre, pone nombre y cuerpo, como si fuesen personas, a todos los poderes y fuerzas que imagina: ¡y ése es poder de veras, el que viene de lo feo del corazón, y dice al hombre que viva para sus gustos más que para sus deberes, cuando la verdad es que no hay gusto mayor, no hay delicia más grande, que la vida de un hombre que cumple con su deber, que está lleno alrededor de espinas!: ¿pero que es mas bello, ni da más aromas que una rosa? Del monte volvió Buda, porque pensó, después de mucho pensar, que con vivir sin comer y beber no se hacia bien a los hombres, ni con dormir en el suelo, ni con andar descalzo, sino que estaba la salvación en conocer las cuatro verdades, que dicen que la vida es toda de dolor, y que el dolor viene de desear, y que para vivir sin dolor es necesario vivir sin deseo, y que el dulce nirvana, que es la hermosura como de luz que le da al alma el desinterés, no se logra viviendo, como loco o glotón, para los gustos de lo material, y para amontonar a fuerza de odio y humillaciones el mando y la fortuna, sino entendiendo que no se ha de vivir para la vanidad, ni se ha de querer lo de otros y guardar rencor, ni se ha de dudar de la armonía del mundo o ignorar nada de él o mortificarse con la ofensa y la envidia, ni se ha de reposar hasta que el alma sea como una luz de aurora, que llena de claridad y hermosura al mundo, y llore y padezca por todo lo triste que hay en él, y se vea como médico y padre de todos los que tienen razón de dolor: es como vivir en un azul que no se acaba, con un gusto tan puro que debe ser lo que se llama gloria, y con los brazos siempre abiertos. Así vivió Buda, con su mujer y con su hijo, luego que volvió del monte. Después sus discípulos, que eran muchos, empezaron a vivir de lo que la gente les daba, porque les hablasen de las verdades de Buda, y de sus hazañas cuando era príncipe, y de cómo vivió en el monte; y el rey vio que en el nombre de Buda había poder, porque la gente miraba todo lo de Buda como cosa del cielo, tan hermoso que no podía ser hombre el que vivió y habló así. Mandó el rey juntar a los discípulos, para que pusiesen en libros la historia y los sermones y los consejos de Buda; y puso a los discípulos a sueldo, para que el pueblo viese juntos el poder del rey y el del cielo, de donde creía el pueblo que había venido al mundo Buda. Hubo unos discípulos que hicieron lo que el rey quería, y salieron con el ejército del rey a quitarles a los países de los alrededores la libertad, con el pretexto de que les iban a enseñar las verdades de Buda, que habían venido del cielo. Y hubo otros que dijeron que eso era engaño de los discípulos y robo del rey, y que la libertad de un pueblo pequeño es más necesaria al mundo que el poder de un rey ambicioso, y la mentira de los sacerdotes que sirven al rey por su dinero, y que si Buda hubiera vivido, habría dicho la verdad, que él no vino del cielo sino como vienen los hombres todos, que traen el cielo en sí mismos, y lo ven, como se ve el sol, cuando, por el cariño a los hombres y la honradez, llegan a ser como si no fuesen de carne y de hueso, sino de claridad, y al malo le tienen compasión, como a un enfermo a quien se ha de curar, y al bueno le dan fuerzas, para que no se canse de animar y de servir al mundo: ¡ése sí que es cielo, y gusto divino! Pero los discípulos que estaban con el rey pudieron más; y el rey les mandó hacer pagodas de muchas torres, donde ponían a Buda de dios en el altar, y los discípulos se mandaron hacer túnicas de seda y mantos con mucho oro y bonetes de picos, y a los discípulos más famosos los fueron enterrando en las pagodas, con sus estatuas sobre la sepultura, y les encendían luces de día y de noche, y la gente iba a arrodillarse delante de ellos, para que les consolaran las penas que da el mundo, y les dieran lo que deseaban tener en la tierra, y los recomendaran a Buda en la hora de morir. Miles de años han pasado, y hay miles de pagodas. Allí van los anamitas tristes, que ya no encuentran en la tierra ayuda, y la van a pedir a lo desconocido del cielo.

Y al teatro van para que no se les acabe la fuerza del corazón. ¡En el teatro no hay franceses! En el teatro les cuentan los cómicos las historias de cuando Anam era país grande, y de tanta riqueza que los vecinos lo querían conquistar; pero había muchos reyes, y cada rey quería las tierras de los otros, así que en las peleas se gastó el país, y los de afuera, los chinos, los de Siam, los franceses, se juntaban con el caído para quitar el mando al vencedor, y luego se quedaban de amos, y tenían en odio a los partidos de la pelea, para que no se juntasen contra el de afuera, como se debían juntar, y lo echaran por entrometido y alevoso, que viene como amigo, vestido de paloma, y en cuanto se ve en el país, se quita las plumas, y se le ve como es, tigre ladrón. En Anam el teatro no es de lo que sucede ahora, sino la historia del país; y la guerra que el bravo An-Yang le ganó al chino Chau-Tu; y los combates de las dos mujeres, Cheng Tseh y Cheng Urh, que se vistieron de guerreras, y montaron a caballo, y fueron de generales de la gente de Anam, y echaron de sus trincheras a los chinos; y las guerras de los reyes, cuando el hermano del rey muerto quería mandar en Anam, en lugar de su sobrino, o venía el rey de lejos a quitarle la tierra al rey Hue. Los anamitas, encuclillados, oyen la historia, que no cuentan los cómicos hablando o cantando, como en los dramas o, en las óperas, sino con una música de mucho ruido que no deja oír lo que dicen los cómicos, que vienen vestidos con túnicas muy ricas, bordadas de flores y pájaros que nunca se han visto, con cascos de oro muy labrados en la cabeza, y alas en la cintura, cuando son generales, y dos plumas muy largas en el casco, si son príncipes: y si son gente así, de mucho poder, no se sientan en las sillas de siempre, sino en sillas muy altas. Y cuentan, y pelean, y saludan, y conversan, y hacen que toman té, y entran por la puerta de la derecha, y salen por la puerta de la izquierda: y la música toca sin parar, con sus platillos y su timbalón y su clarín y su violinete; y es un tocar extraño, que parece de aullidos y de gritos sin arreglo y sin orden, pero se ve que tiene un tono triste cuando se habla de muerte, y otro como de ataque cuando viene un rey de ganar una batalla, y otro como de procesión de mucha alegría cuando se casa la princesa, y otro como de truenos y de ruido cuando entra, con su barba blanca, el gran sacerdote y cada tono lo adornan los músicos como les parece bien, inventando el acompañamiento según lo van tocando, de modo que parece que es música sin regla, aunque si se pone bien el oído se ve que la regla de ellos es dejarle la idea libre al que toca, para que se entusiasme de veras con los pensamientos del drama, y ponga en la música la alegría, o la pena, o la poesía, o la furia que sienta en el corazón, sin olvidarse del tono de la música vieja, que todos los de la orquesta tienen que saber, para que haya una guía en medio del desorden de su invención, que es mucho de veras, porque el que no conoce sus tonos no oye más que los tamborazos y la algarabía; y así sucede en los teatros de Anam que a un europeo le da dolor de cabeza, y le parece odiosa, la música que al anamita que está junto a él le hace reír de gusto, o llorar de la pena, según estén los músicos contando la historia del letrado pobre que a fuerza de ingenio se fue burlando de los consejeros del rey, hasta que el consejero llegó a ser el pobre,—o la otra historia triste del príncipe que se arrepintió de haber llamado al extranjero a mandar en su país, y se dejó morir de hambre a los pies de Buda, cuando no había remedio ya, y habían entrado a miles en la tierra cobarde los extranjeros ambiciosos, y mandaban en el oro y las fábricas de seda, y en el reparto de las tierras, y en el tribunal de la justicia los extranjeros, y los hijos mismos de la tierra ayudaban al extranjero a maltratar al que defendía con el corazón la libertad de la tierra: la música entonces toca bajo y despacio, y como si llorase, y como si se escondiese debajo de la tierra: y los actores, como si pasase un entierro, se cubren con las mangas del traje las caras. Y así es la música de sus dramas de historia, y de los de pelea, y de los de casamiento, mientras los actores gritan y andan delante de los músicos en el escenario, y los generales se echan por la tierra, para figurar que están muertos, o pasan la pierna derecha por sobre la espalda de una silla, para decir que van a montar a caballo, o entran por entre unas cortinas el novio y la princesa, para que se sepa que se acaban de casar. Porque el teatro es un salón abierto, sin las bambalinas ni bastidores, y sin aparatos ni pinturas: sino que cuando la escena va a cambiar, sale un regidor de blusa y turbante, y se lo dice al público, o pone una mesa, que quiere decir banquete, o cuelga una lanza al fondo, que quiere decir batalla, o sopla el alcohol que trae en la boca sobre una antorcha encendida, lo que quiere decir que hay incendio. Y este de la blusa, que anda poniendo y quitando, sale y entra entre los que hacen de príncipes de seda y generales de oro, de mil años atrás, cuando los parientes del príncipe Ly-Tieng-Vuong querían darle a beber una taza de té envenenado. Allá adentro, en lo que no se ve del teatro, hay como un mostrador, con cajas de pintarse y espejos en la pared, y un rosario de barbas, de donde el que hace de loco toma la amarilla, y la colorada el que hace de fiero, y la negra el que hace de rey hermoso, y el que hace de viejo toma la barba blanca. Y se pinta la cara el que hace de gobernador, de colorado y de negro. Por encima de todo, en lo más alto de la pared, hay una estatua de Buda. Al salir del teatro, los anamitas van hablando mucho, como enojados, como si quisieran echar a correr, y parece que quieren convencer a sus amigos cobardes, y que los amenazan. De la pagoda salen callados, con la cabeza baja, con las manos en los bolsillos de la blusa azul. Y si un francés les pregunta algo en el camino, le dicen en su lengua: «No sé». Y si un anamita les habla de algo en secreto, le dicen: «¡Quién sabe!»

Historia de la cuchara y el tenedor

¡Cuentan las cosas con tantas palabras raras, y uno no las puede entender!: como cuando le dicen ahora a uno en la Exposición de París: «Tome una *djirincka*—¡*djirincka!*—*y* vea en un momento todo lo de la Explanada»: ¡pero primero le tienen que decir a uno lo que es *djirincka*! Y por eso no entiende uno las cosas: porque no entiende uno las palabras en que se las dicen. Y luego, que no se lo han de decir a uno todo de la primera vez, porque es tanto que no se lo puede entender todo, como cuando entra uno en una catedral, que de grande que es no ve uno más que los pilares y los arcos, y la luz allá arriba, que entra como jugando por los cristales; y luego, cuando uno ha estado muchas veces, ve claro en la oscuridad, y anda como por una casa conocida. Y no es que uno no quiere saber; porque la verdad es que da vergüenza ver algo y no entenderlo, y el hombre no ha de descansar baste que no entienda todo lo que ve. La muerte es lo más difícil de entender; pero los viejos que han sido buenos dicen que ellos saben lo que es, y por eso están tranquilos, porque es como cuando va a salir el sol, y todo se pone en el mundo fresco y de unos colores hermosos. Y la vida no es difícil de entender tampoco. Cuando uno sabe para lo que sirve todo lo que da la tierra, y sabe lo que han hecho los hombres en el mundo, siente uno deseos de hacer más que ellos todavía: y eso es la vida. Porque los que se están con los brazos cruzados, sin pensar y sin trabajar, viviendo de lo que otros trabajan, ésos comen y beben como los demás hombres, pero en la verdad de la verdad, ésos no están vivos.

Los que están vivos de veras son los que nos hacen los cubiertos de comer, que parecen de plata, y no son de plata pura, sino de una mezcla de metales pobres, a la que le ponen encima con la electricidad uno como baño de plata. Esos sí que trabajan, y hay taller que hace al día cuatrocientas docenas de cubiertos, y tiene como más de mil trabajadores: y muchos son mujeres, que hacen mejor que el hombre todas las cosa de finura y elegancia. Nosotros, los hombres, somos como el león del mundo, y como el caballo de pelear, que no está contento ni se pone hermoso sino cuando huele batalla, y oye ruido de sables y cañones. La mujer no es como nosotros, sino como una flor, y hay que tratarla así, con mucho cuidado y cariño, porque si la tratan mal, se muere pronto, lo mismo que las flores. Para lo delicado tienen mujeres en esas obras de platería, para limar las piezas finas, para bordarlas como encaje, con una sierra que va cortando la plata en dibujos, como esas máquinas de labrar relojes y cestos y estantes de madera blanda. Pero para lo fuerte tienen hombres; para hervir los metales, para hacer ladrillos de ellos, para ponerlos en la máquina delgados como hoja de papel, para las máquinas de recortar en la hoja muchas cucharas y tenedores a la vez, para platearlos en la artesa, donde está la plata hecha agua, de modo que no se la ve, pero en cuanto pasa por la artesa la electricidad, se echa toda sobre las cucharas y los tenedores, que están dentro colgados en hilera de un madero, como las púas de un peine.

Y ya vamos contando la Historia de la Cuchara y el Tenedor. Antes hacían de plata pura todo lo de la mesa, y las jarras y fruteras que se hacen hoy en máquina: no más que para darle figura de jarra a un redondel de plata estaba el pobre hombre dándole con el martillo alrededor de una punta del yunque, hasta que empezaba a tener figura de jarrón, y luego lo hundía de un lado y lo iba anchando de otro, hasta que quedaba redondo de abajo y estrecho en la boca, y luego, a fuerza de mano, le iba bordando de adentro los dibujos y las flores. Ahora se hace con maquina todo eso, y de un vuelo de la rueda queda el redondel hecho un jarro hueco, y lo de mano no es más que lo último, cuando va al dibujo fino de los cinceladores. De esto se puede hablar aquí, porque donde hacen los jarros, hacen los

III

cubiertos; y el metal, lo mismo tienen que hervirlo, y mezclarlo, y enfriarlo, y aplastarlo en láminas para hacer un jarrón que para hacer una cuchara de té. Es hermoso ver eso, y parece que está uno en las entrañas de la tierra, allá donde está el fuego como el mar, que rebosa a veces y quiere salir, que es cuando hay terremotos, y cuando echan humo y agua caliente y cenizas y lava los volcanes, como si se estuviera quemando por adentro el mundo. Eso parece el taller de platería cuando están derritiendo el metal. En un horno se cocinan las piedras, que dan humo y se van desmoronando, y parecen cera que se derrite, y como un agua turbia. En una caldera hierven juntos el níquel, el cobre y el zinc, y luego enfrían la mezcla de los tres metales, y la cortan en barras antes que se acabe de enfriar. No se sabe qué es; pero uno ve con respeto, y como con cariño, a aquellos hombres de delantal y cachucha que sacan con la pala larga de un horno a otro el metal hirviente; tienen cara de gente buena, aquellos hombres de cachucha: ya no es piedra el metal, como era cuando lo trajo el carretón, sino que lo que era piedra se ha hecho barro y ceniza con el calor del horno, y el metal está en la caldera, hirviendo con un ruido que parece susurro, como cuando se tiende la espuma por la playa, o sopla un aire de mañana en las hojas del bosque. Sin saber por qué, se calla uno, y se siente como más fuerte, en el taller de las calderas.

Y después, es como un paseo por una calle de máquinas. Todas se están moviendo a la vez. El vapor es el que las hace andar, pero no tiene cada máquina debajo la caldera del agua, que da el vapor: el vapor está allá, en lo hondo de la platería, y de allí mueve unas correas anchas, que hacen dar vueltas a las ruedas de andar, y en cuanto se mueve la rueda de andar en cada máquina, andan las demás ruedas. La primera máquina se parece a una prensa de enjugar la ropa, donde la ropa sale exprimida entre dos cilindros de goma: allí los cilindros no son de goma, sino de acero; y la barra de metal sale hecha una lámina, del grueso de un cartón: es un cartón de metal. Luego viene la agujereadora, que es una máquina con uno como mortero que baja y sube, como la encía de arriba cuando se come; y el mortero tiene muchas cuchillas en figura de martillo de cabeza larga y estrecha, o de una espumadera de mango fino y cabeza redonda, y cuando baja el mortero todas las cuchillas cortan la lámina a la vez, y dejan la lámina agujereada, y el metal de cada agujero cae a un cesto debajo: y ése es la cuchara, ése es el tenedor. Cada uno de esos pedazos de metal recortados y chatos de figura de martillo es un tenedor; cada uno de los de cabeza redonda, como una moneda muy grande, es una cuchara, ¿Que cómo se le sacan los dientes al tenedor? ¡Ah! esos recortes chatos, lo mismo que los de las cucharas, tienen que calentarse otra vez en el horno, porque si el metal no está caliente se pone tan duro que no se le puede trabajar, y para darle forma tiene que estar blando. Con unas tenazas van sacando los recortes del horno: los ponen en un molde de otra máquina que tiene un mortero de aplastar, y del golpe del mortero ya salen los recortes con figura, y se le ve al tenedor la punta larga y estrecha. Otra máquina más fina lo recorta mejor. Otra le marca los dientes, pero no sueltos ya, como están en el tenedor acabado, sino sujetos todavía. Otra máquina le recorta las uniones, y ya está el tenedor con sus dientes. Luego va a los talleres del trabajo fino. En uno le ponen el filete al mango. En otro le dan la curva, porque de las máquinas de los dientes salió chato, como una hoja de papel. En otra le liman y le redondean las esquinas. En otra lo cincelan si ha de ir adornado, o le ponen las iniciales, si lo quieren con letras. En otra lo pulen, que es cosa muy curiosa, parecida a la de las piedras de amolar, sólo que la máquina de pulir anda más de prisa, y la rueda es de alambres delgados como cabellos, como un cepillo que da vueltas, y muchas, como que da dos mil quinientas vueltas en un minuto. Y de allí sale el tenedor o la cuchara a la platería de veras, porque es donde les ponen el baño de la electricidad, y quedan como vestidos con traje de plata. Los cubiertos pobres, los que van a costar poco, no llevan más que un baño o dos: los buenos llevan tres, para que la plata les dure, aunque nunca dura tanto como la plata que se trabajaba antes con el martillo. Como las cucharas, pues: antes, para hacer una cuchara, no había máquinas de aplastar el metal, ni de sacarlo en láminas delgadas como ahora, sino que a martillazo puro tenía que irlo aplastando el platero, hasta que estaba como él lo quería, y recortaba la cuchara a fuerza de mano, y a muñeca viva le daba al mango el doblez, y para hacerle el hueco le daba golpes muy despacio, cada vez en un punto diferente, encima de un yunque que parecía de jugar, con la punta redonda, como un huevo, hasta que quedaba hueca por dentro la cuchara. Ahora la máquina hace eso. Ponen el recorte de figura de espumadera en uno como yunque, que por la cabeza, donde cae lo redondo, está vacío: de arriba baja con fuerza el mortero, que tiene por debajo un huevo de hierro, y mete lo redondo del recorte en lo hueco del yunque. Ya está la cuchara. Luego la liman, y la adornan, y la pulen como el tenedor, y la llevan al baño de plata: porque es un baño verdadero, en que la plata está en el agua, deshecha, con una mezcla que llaman cianuro de potasio—¡los nombres químicos son todos así!: y entra en el baño la electricidad, que es un poder que no se sabe lo que es, pero da luz, y calor, y movimiento, y fuerza, y cambia y descompone en un instante los metales, y a unos los separa, y a los otros los junta, como en este baño de platear que, en cuanto la electricidad entra y lo revuelve, echa toda la plata del agua sobre las cucharas y los tenedores colgados dentro de él. Los sacan chorreando. Los limpian con sal de potasa. Los tienen al calor sobre láminas de hierro caliente. Los secan bien en tinas de aserrín. Los bruñen en la máquina de cepillar. Con la badana les sacan brillo. Y nos los mandan a la casa, blancos como la luz, en su caja de terciopelo o de seda.

La muñeca negra

De puntillas, de puntillas, para no despertar a Piedad, entran en el cuarto de dormir el padre y la madre. Vienen riéndose, como dos muchachones. Vienen de la mano, como dos muchachos. El padre viene detrás, como si fuera a tropezar con todo. La madre no tropieza; porque conoce el camino. ¡Trabaja mucho el padre, para comprar todo lo de la casa, y no puede ver a su hija cuando quiere! A veces, allá en el trabajo, se ríe solo, o se pone de repente como triste, o se le ve en la cara como una luz: y es que está pensando en su hija: se le cae la pluma de la mano cuando piensa así, pero enseguida empieza a escribir, y escribe tan de prisa, tan de prisa, que es como si la pluma fuera volando. Y le hace muchos rasgos a la letra, y las oes le salen grandes como un sol, y las ges largas como un sable, y las eles están debajo de la línea, como si se fueran a clavar en el papel, y las eses caen al fin de la palabra, como una hoja de palma; ¡tiene que ver lo que escribe el padre cuando ha pensado mucho en la niña! El dice que siempre que le llega por la ventana el olor de las flores del jardín, piensa en ella. O a veces, cuando está trabajando cosas de números, o poniendo un libro sueco en español, la ve venir, venir despacio, como en una nube, y se le sienta al lado, le quita la pluma, para que repose un poco, le da un beso en la frente, le tira de la barba rubia, le esconde el tintero: es sueño no más, no más que sueño, como esos que se tienen sin dormir, en que ve uno vestidos muy bonitos, o un caballo vivo de cola muy larga, o un cochecito con cuatro chivos blancos, o una sortija con la piedra azul: sueño es no más, pero dice el padre que es como si lo hubiera visto, y que después tiene más fuerza y escribe mejor. Y la niña se va, se va despacio por el aire, que parece de luz todo: se va como una nube.

Hoy el padre no trabajó mucho, porque tuvo que ir a una tienda: ¿a qué iría el padre a una tienda?: y dicen que por la puerta de atrás entró una caja grande: ¿qué vendrá en la caja?: ¡a saber lo que vendrá!: mañana hace ocho años que nació Piedad. La criada fue al jardín, y se pinchó el dedo por cierto, por querer coger, para un ramo que hizo, una flor muy hermosa. La madre a todo dice que sí, y se puso el vestido nuevo, y le abrió la jaula al canario. El cocinero está haciendo un pastel, y recortando en figura de flores los nabos y las zanahorias, y le devolvió a la lavandera el gorro, porque tenía una mancha que no se veía apenas, pero, «¡hoy, hoy, señora lavandera, el gorro ha de estar sin mancha!» Piedad no sabía, no sabía. Ella sí vio que la casa estaba como el primer día de sol, cuando se va ya la nieve, y les salen las hojas a los árboles. Todos sus juguetes se los dieron aquella noche, todos. Y el padre llegó muy temprano del trabajo, a tiempo de ver a su hija dormida. La madre lo abrazó cuando lo vio entrar: ¡y lo abrazó de veras! Mañana cumple Piedad ocho años.

El cuarto está a media luz, una luz como la de las estrellas, que viene de la lámpara de velar, con su bombillo de color de ópalo. Pero se ve, hundida en la almohada, la cabecita rubia. Por la ventana entra la brisa, y parece que juegan, las mariposas que no se ven, con el cabello dorado. Le da en el cabello la luz. Y la madre y el padre vienen andando, de puntillas. ¡Al suelo, el tocador de jugar! ¡Este padre ciego, que tropieza con todo! Pero la niña no se ha despertado. La luz le da en la mano ahora; parece una rosa la mano. A la cama no se puede llegar; porque están alrededor todos los juguetes, en mesas y sillas En una silla está el baúl que le mandó en pascuas la abuela, lleno de almendras y de mazapanes: boca abajo está el baúl, como si lo hubieran sacudido, a ver si caía alguna almendra de un rincón, o si andaban escondidas por la cerradura algunas migajas de mazapán; ¡eso es, de seguro, que las muñecas tenían hambre! En otra silla está la loza, mucha loza y muy fina, y en cada plato una fruta pintada: un plato tiene una cereza, y otro un higo, y otro una uva: da en el plato ahora la luz, en el plato del higo, y se ven como chispas de estrella: ¿cómo habrá venido esta estrella a los platos?: «¡Es azúcar!» dice el pícaro padre: «¡Eso es, de seguro!»: dice la madre, «eso es que estuvieron las muñecas golosas comiéndose el azúcar.» El costurero está en otra silla, y muy abierto, como de quien ha trabajado de verdad; el dedal está machucado ¡de tanto coser!: cortó la modista mucho, porque del calicó que le dio la madre no queda más que un redondel con el borde de picos, y el suelo está por allí lleno de recortes, que le salieron mal a la modista, y allí está la chambra empezada a coser, con la aguja clavada, junto a una gota de sangre. Pero la sala, y el gran juego, está en el velador, al lado de la cama. El rincón, allá contra la pared, es el cuarto de dormir de las muñequitas de loza, con su cama de la madre, de colcha de flores, y al lado una muñeca de traje rosado, en una silla roja: el tocador está entre la cama y la cuna, con su muñequita de trapo, tapada hasta la nariz, y el mosquitero encima: la mesa del tocador es una cajita de cartón castaño, y el espejo es de los buenos, de los que vende la señora pobre de la dulcería, a dos por un centavo. La sala está en lo de delante del velador, y tiene en medio una mesa, con el pie hecho de un carretel de hilo, y lo de arriba de una concha de nácar, con una jarra mexicana en medio, de las que traen los muñecos aguadores de México: y alrededor unos papelitos doblados, que son los libros. El piano es de madera, con las teclas pintadas; y no tiene banqueta de tomillo, que eso es poco lujo, sino una de espaldar, hecha de la caja de una sortija, con lo de abajo forrado de azul; y la tapa cosida por un lado, para la espalda, y forrada de rosa; y encima un encaje. Hay visitas, por supuesto, y son de pelo de veras, con ropones de seda lila de cuartos blancos, y zapatos dorados: y se sientan sin doblarse, con los pies en el asiento: y la señora mayor, la que trae gorra color de oro, y está en el sofá, tiene su levantapiés, porque del sofá se resbala; y el levantapiés es una cajita de paja japonesa, puesta boca abajo: en un sillón blanco están sentadas juntas, con los brazos muy tiesos, dos hermanas de loza. Hay un cuadro en la sala, que tiene detrás, para que no se caiga, un pomo de olor: y es una niña de sombrero colorado, que trae en los brazos un cordero. En el pilar de la cama, del lado del velador, está una medalla de bronce, de una fiesta que hubo, con las cintas francesas: en su gran moña de los tres colores está adornando la sala el medallón, con el retrato de un francés muy hermoso, que vino de Francia a pelear porque los hombres fueran libres, y otro retrato del que inventó el pararrayos, con la cara de abuelo que tenla cuando pasó el mar para pedir a los reyes de Europa que lo ayudaran a hacer libre su tierra: ésa es la sala, y el gran juego de Piedad. Y en la almohada, durmiendo en su brazo, y con la boca desteñida de los besos, está su muñeca negra.

Los pájaros del jardín la despertaron por la mañanita. Parece que se saludan los pájaros, y la convidan a volar. Un pájaro llama, y otro pájaro responde. En la casa hay algo, porque los pájaros se ponen así cuando el cocinero anda por la cocina saliendo y entrando, con el delantal volándole por las piernas, y la olla de plata en las dos manos, oliendo a leche quemada y a vino dulce. En la casa hay algo: porque si no, ¿para qué está ahí, al pie de la cama, su vestidito nuevo, el vestidito color de perla, y la cinta lila que compraron ayer, y las medias de encaje? «Yo te digo, Leonor, que aquí pasa algo. Dímelo tú, Leonor, tú que estuviste ayer en el cuarto de mamá, cuando yo fui a paseo. ¡Mamá mala, que no te dejó ir conmigo, porque dice que te he puesto muy fea con tantos besos, y que no tienes pelo, porque te he peinado mucho! La verdad, Leonor: tú no tienes mucho pelo; pero yo te quiero así, sin pelo, Leonor: tus ojos son los que quiero yo, porque con los ojos me dices que me quieres: te quiero mucho, porque no te quieren: ¡a ver! ¡sentada aquí en mis rodillas, que te quiero peinar!: las niñas buenas se peinan en cuanto se levantan: ¡a ver, los zapatos, que ese lazo no está bien hecho!: y los dientes: déjame ver los dientes: las uñas: ¡Leonor, esas uñas no están limpias! Vamos, Leonor, dime la verdad: oye, oye a los pájaros que parece que tienen baile: dime, Leonor, ¿qué pasa en esta casa?» Y a Piedad se le cayó el peine de la mano, cuando le tenía ya una trenza hecha a Leonor; y la otra estaba toda alborotada. Lo que pasaba, allí lo veía ella. Por la puerta venía la procesión. La primera era la criada, con el delantal de rizos de los días de fiesta, y la cofia de servir la mesa en los días de visita: traía el chocolate, el chocolate con crema, lo mismo que el día de año nuevo, y los panes dulces en una cesta de plata: luego venía la madre, con un ramo de flores blancas y azules: ¡ni una flor colorada en el ramo, ni una flor amarilla!: y luego venía la lavandera, con el gorro blanco que el cocinero no se quiso poner, y un estandarte que el cocinero le hizo, con un diario y un bastón: y decía en el estandarte, debajo de una corona de pensamientos: «¡Hoy cumple Piedad ocho años!» Y la besaron, y la vistieron con el traje color de perla, y la llevaron, con el estandarte detrás, a la sala de los libros de su padre, que tenía muy peinada su barba rubia, como si se la hubieran peinado muy despacio, y redondeándole las puntas, y poniendo cada hebra en su lugar. A cada momento se asomaba a la puerta, a ver si Piedad venía: escribía, y se ponía a silbar: abría un libro, y se quedaba mirando a un retrato, a un retrato que tenía siempre en su mesa, y era como Piedad, una Piedad de vestido largo. Y cuando oyó ruido de pasos, y un vocerrón que venía tocando música en un cucurucho de papel, ¿quién sabe lo que sacó de una caja grande?: y se fue a la puerta con una mano en la espalda: y con el otro brazo cargó a su hija. Luego dijo que sintió como que en el pecho se le abría una flor, y como que se le encendía en la cabeza un palacio, con colgaduras azules de flecos de oro, y mucha gente con alas: luego dijo todo eso, pero entonces, nada se le oyó decir. Hasta que Piedad dio un salto en sus brazos, y se le quiso subir por el hombro, porque en un espejo había visto lo que llevaba en la otra mano el padre. «¡Es como el sol el pelo, mamá, lo mismo que el sol! ¡ya la vi, ya la vi, tiene el vestido rosado! ¡dile que me la dé, mamá: si es de peto verde, de peto de terciopelo! ¡como las mías son las medias, de encaje como las mías!» Y el padre se sentó con ella en el sillón, y le puso en los brazos la muñeca de seda y porcelana. Echó a correr Piedad, como si buscase a alguien. «¿Y yo me quedo hoy en casa por mi niña», le dijo su padre, «y mi niña me deja solo? «Ella escondió la cabecita en el pecho de su padre bueno. Y en mucho, mucho tiempo, no la levantó, aunque ¡de veras! le picaba la barba.

Hubo paseo por el jardín, y almuerzo con un vino de espuma debajo de la parra, y el padre estaba muy conversador, cogiéndole a cada momento la mano a su mamá, y la madre estaba como más alta, y hablaba poco, y era como música todo lo que hablaba. Piedad le llevó al cocinero una dalia roja, y se la prendió en el pecho del delantal: y a la lavandera le hizo una corona de claveles: y a la criada le llenó los bolsillos de flores de naranjo, y le puso en el pelo una flor, con sus dos hojas verdes. Y luego, con mucho cuidado, hizo un ramo de nomeolvides. «¿Para quién es ese ramo, Piedad?» «No sé, no sé para quién es: ¡quién sabe si es para alguien!» Y lo puso a la orilla de la acequia, donde corría como un cristal el agua. Un secreto le dijo a su madre, y luego le dijo: «¡Déjame ir!» Pero le dijo «caprichosa» su madre: «¿y tu muñeca de seda, no te gusta? mírale la cara, que es muy linda: y no le has visto los ojos azules». Piedad sí se los había visto; y la tuvo sentada en la mesa después de comer, mirándola sin reírse; y la estuvo enseñando a andar en el jardín. Los ojos era lo que le miraba ella: y le tocaba en el lado del corazón: «¡Pero, muñeca, háblame, háblame!» Y la muñeca de seda no le hablaba. «¿Conque no te ha gustado la muñeca que te compré, con sus medias de encaje y su cara de porcelana y su pelo fino?» «Sí, mi papá, sí me ha gustado mucho. Vamos, señora muñeca, vamos a pasear. Usted querrá coches, y lacayos, y querrá dulce de castañas, señora muñeca. Vamos, vamos a pasear.» Pero en cuanto estuvo Piedad donde no la veían, dejó a la muñeca en un tronco, de cara contra el árbol. Y se sentó sola, a pensar, sin levantar la cabeza, con la cara entre las dos manecitas. De pronto echó a correr, de miedo de que se hubiese llevado el agua el ramo de nomeolvides.

—«Pero, criada, llévame pronto!»—«¿Piedad, qué es eso de criada? ¡Tú nunca le dices criada así, como para ofenderla!»—«No, mamá, no: es que tengo mucho sueño: estoy muerta de sueño. Mira: me parece que es un monte la barba de papá: y el pastel de la mesa me da vueltas, vueltas alrededor, y se están riendo de mí las banderitas: y me parece que están bailando en el aire las flores de zanahoria: estoy muerta de sueño: ¡adiós, mi madre!: mañana me levanto muy tempranito: tú, papá, me despiertas antes de salir: yo te quiero ver siempre antes de que te vayas a trabajar: ¡oh, las zanahorias! ¡estoy muerta de sueño! ¡Ay, mamá, no me mates el ramo! ¡mira, ya me mataste mi flor!»—«¿Conque se enoja mi hija porque le doy un abrazo?»—«¡Pégame, mi mamá! ¡papá, pégame tú! es que tengo mucho sueño.» Y Piedad salió de la sala de los libros, con la criada que le llevaba la muñeca de seda. «¡Qué de prisa va la niña, que se va a caer! ¿Quién espera a la niña?»—«¡Quién sabe quien me espera!» Y no habló con la criada: no le dijo que le contase el cuento de la niña jorobadita que se volvió una flor: un juguete no más le pidió, y lo puso a los pies de la cama y le acarició a la criada la mano, y se quedó dormida. Encendió la criada la lámpara de velar, con su bombillo de ópalo: salió de puntillas: cerró la puerta con mucho cuidado. Y en cuanto estuvo cerrada la puerta, relucieron dos ojitos en el borde de la sábana: se alzó de repente la cubierta rubia: de rodillas en la cama, le dio toda la luz a la lámpara de velar: y se echó sobre el juguete que puso a los pies, sobre la muñeca negra. La besó, la abrazó, se la apretó contra el corazón: «Ven, pobrecita: ven, que esos malos te dejaron aquí sola: tú no estás fea, no, aunque no tengas más que una trenza: la fea es ésa, la que han traído hoy, la de los ojos que no hablan: dime, Leonor, dime, ¿tú pensaste en mí?: mira el ramo que te traje, un ramo de nomeolvides, de los más lindos del jardín: así, en el pecho! ¡ésta es mi muñeca linda! ¿y no has llorado? ¡te dejaron tan sola! ¡no me mires así, porque voy a llorar yo! ¡no, tú no tienes frío! ¡aquí conmigo, en mi almohada, verás como te calientas! ¡y me quitaron, para que no me hiciera daño, el dulce que te traía! ¡así, así, bien arropadita! ¡a ver, mi beso, antes de dormirte! ¡ahora, la lámpara baja! ¡y a dormir, abrazadas las dos! ¡te quiero, porque no te quieren!»

Cuentos de elefantes

De África cuentan ahora muchas cosas extrañas, porque anda por allí la gente europea descubriendo el país, y los pueblos de Europa quieren mandar en aquella tierra rica, donde con el calor del sol crecen plantas de esencia y alimento, y otras que dan fibras de hacer telas, y hay oro y diamantes, y elefantes que son una riqueza, porque en todo el mundo se vende muy caro el marfil de sus colmillos. Cuentan muchas cosas del valor con que se defienden los negros, y de las guerras en que andan, como todos los pueblos cuando empiezan a vivir, que pelean por ver quién es más fuerte, o por quitar a su vecino lo que quieren tener ellos. En estas guerras quedan de esclavos los prisioneros que tomó en la pelea el vencedor, que los vende a los moros infames que andan por allá buscando prisioneros que comprar, y luego los venden en las tierras moras. De Europa van a África hombres buenos, que no quieren que haya en el mundo estas ventas de hombres; y otros van por el ansia de saber, y viven años entre las tribus bravas, hasta que encuentran una yerba rara, o un pájaro que nunca se ha visto, o el lago de donde nace un río: y otros van de tropa, a sueldo del Khedive que manda en Egipto, a ver como echan de la tierra a un peleador famoso que llaman el Mahdí, y dice que él debe gobernar, porque él es moro libre y amigo de los pobres, no como el Khedive, que manda como criado del Sultán turco extranjero, y alquila peleadores cristianos para pelear contra el moro del país, y quitar la tierra a los negros sudaneses. En esas guerras dicen que murió un inglés muy valiente, aquel «Gordon el chino», que no era chino, sino muy blanco y de ojos muy azules, pero tenía el apodo de chino, porque en China hizo muchas heroicidades, y aquietó a la gente revuelta con el cariño más que con el poder; que fue lo que hizo en el Sudán, donde vivía solo entre los negros del país, como su gobernador, y se les ponía delante a regañarlos como a hijos, sin más armas que sus ojos azules, cuando lo atacaban con las lanzas y las azagayas, o se echaba a llorar de piedad por los negros cuando en la soledad de la noche los veía de lejos hacerse señas, para juntarse en el monte, a ver cómo atacarían a los hombres blancos. El Mahdí pudo más que él, y dicen que Gordon ha muerto, o lo tiene preso el Mahdí. Mucha gente anda por África. Hay un Chaillu que escribió un libro sobre el mono gorila que anda en dos pies, y pelea a palos con los viajeros que lo quisieren cazar. Livingstone viajó sin miedo por lo más salvaje de África, con su mujer. Stanley está allá ahora, viendo cómo comercia, y salva del Mahdí, al gobernador Emín Pachá. Muchos alemanes y franceses andan allá explorando, descubriendo tierras, tratando y cambiando con los negros, y viendo cómo les quitan el comercio a los moros. Con los colmillos del elefante es con lo que comercian más, porque el marfil es raro y fino, y se paga muy caro por él. Ese de África es colmillo vivo; pero por Siberia sacan de los hielos colmillos del mamut, que fue el elefante peludo, grande como una loma, que ha estado en la nieve, en pie, cincuenta mil años. Y un inglés, Logan, dice que no son cincuenta mil, sino que esas capas de hielo se fueron echando sobre la tierra como un millón de años hace, y que desde entonces, desde hace un millón de años, están enterrados en la nieve dura los elefantes peludos.

Allí se estuvieron en los hielos duros de Siberia, hasta que un día iba un pescador por la orilla del río Lena, donde de un lado es de arena la orilla, y de otro es de capas de hielo, echadas una encima de otra como las hojas de un pastel, y tan perfectas que parecen cosa de hombre esas leguas de capas. Y el pescador iba cantando un cantar, en su vestido de piel, asombrado de la mucha luz, como si estuviese de fiesta en el aire un sol joven. El aire chispeaba. Se oían estallidos, como en el bosque nuevo cuando se abre una flor. De las lomas corría, brillante y pura, un agua nunca vista. Era que se estaban deshaciendo los hielos. Y allí, delante del pobre Shumarkoff, salían del monte helado los colmillos, gruesos como troncos de árboles, de un animal velludo, enorme, negro. Como vivo estaba, y en el hielo transparente se le veía el cuerpo asombroso. Cinco años tardó el hielo en derretirse alrededor de él, hasta que todo se deshizo, y el elefante cayó rodando a la orilla, con ruido de trueno. Con otros pescadores vino Shumarkoff a llevarse los colmillos, de tres varas de largo. Y los perros hambrientos le comieron la carne, que estaba fresca todavía, y blanda como carne nueva: de noche, en la oscuridad, de cien perros a la vez se oía el roer de los dientes, el gruñido de gusto, el ruido de las lenguas. Veinte hombres a la vez no podían levantar la piel crinuda, en la que era de a vara cada crin. Y nadie ha de decir que no es verdad, porque en el museo de San Petersburgo están todos los huesos, menos uno que se perdió; y un puñado de la lana amarillosa que tenía sobre el cuello. De entonces acá, los pescadores de Siberia han sacado de los hielos como dos mil colmillos de mamut.

A miles parece que andaban los mamuts, como en pueblos, cuando los hielos se despeñaron sobre la tierra salvaje, hace miles de años; y como en pueblos andan ahora, defendiéndose de los tigres y de los cazadores por los bosques de Asia y de África; pero ya no son velludos, como los de Siberia, sino que apenas tienen pelos por los rincones de su piel blanda y arrugada, que da miedo de veras, por la mucha fealdad, cuando lo cierto es que con el elefante sucede como con las gentes del mundo, que porque tienen hermosura de cara y de cuerpo las cree uno de alma hermosa, sin ver que eso es como los jarrones finos, que no tienen nada dentro, y una vez pueden tener olores preciosos, y otras peste, y otras polvo. Con el elefante no hay que jugar, porque en la hora en que se le enoja la dignidad, o le ofenden la mujer o el hijo, o el viejo, o el compañero, sacude la trompa como un azote, y de un latigazo echa por tierra al hombre más fuerte, o rompe un poste en astillas, o deja un árbol temblando. Tremendo es el elefante enfurecido, y por manso que sea en sus prisiones, siempre le llega, cuando calienta el sol mucho en abril, o cuando se cansa de su cadena, su hora de furor. Pero los que conocen bien al animal dicen que sabe de arrepentimiento y de ternura, como un cuento que trae un libro viejo que publicaron, allá al principiar este siglo, los sabios de Francia, donde está lo que hizo un elefante que mató a su cuidador, que allá llaman cornac, porque le había lastimado con el arpón la trompa; y cuando la mujer del cornac se le arrodilló desesperada delante con su hijito, y le rogó que los matase a ellos también, no los mató, sino que con la trompa le quitó el niño a la madre, y se lo puso sobre el cuello, que es donde los cornacs se sientan, y nunca permitió que lo montase más cornac que aquél.

La trompa es lo que más cuida de todo su cuerpo recio el elefante, porque con ella come y bebe, y acaricia y respira, y se quita de encima los animales que le estorban, y se baña. Cuando nada ¡y muy bien que nadan los elefantes! no se le ve el cuerpo, porque está en el agua todo, sino la punta de la trompa, con los dos agujeros en que acaban las dos canales que atraviesan la trompa a lo largo, y llegan por arriba a la misma nariz, que tiene como dos tapaderas, que abre y cierra según quiera recibir el aire, o cerrarle el camino a lo que en las canales pueda estar. Nadie diga que no es verdad, porque hay quien se ha puesto a contarlos: como cuarenta mil músculos tiene la trompa del elefante, la «proboscis», como dice la gente de libros: toda es de músculos, entretejidos como una red: unos están a la larga, de la nariz a la punta, y son para mover la trompa adonde el elefante quiere, y encogerla, enroscarla, subirla, bajarla, tenderla: otros son a lo ancho, y van de las canales a la piel, como los rayos de una rueda van del eje a la llanta: ésos son para apretar las canales o ensancharlas. ¿Qué no hace el elefante con su trompa? La yerba más fina la arranca del suelo. De la mano de un niño recoge un cacahuete. Se llena la trompa de agua, y la echa sobre la parte de su cuerpo en que siente calor. Los elefantes enseñados se quitan y se ponen la carga con la trompa. Un hilo levantan del suelo, y como un hilo levantan a un hombre. No hay más modo de acobardar a un elefante enfurecido que herirle de veras en la trompa. Cuando pelea con el tigre, que casi siempre lo vence, lo echa arriba y abajo con los colmillos, y hace por atravesarlo; pero la trompa la lleva en el aire. Del olor del tigre no más, brama con espanto el elefante: las ratas le dan miedo: le tiene asco y horror al cochino. ¡A cuanto cochino ve, trompazo! Lo que lo gusta es el vino bueno, y el arrak, que es el ron de la India, tanto que los cornacs le conocen el apetito, y cuando quieren que trabaje más de lo de costumbre, le enseñan una botella de arrak, que él destapa con la trompa luego, y bebe a sorbo tendido; sólo que el cornac tiene que andar con cuidado, y no hacerle esperar la botella mucho, porque le puede suceder lo que al pintor francés que, para pintar a un elefante mejor, le dijo a su criado que se lo entretuviese con la cabeza alta tirándole frutas a la trompa, pero el criado se divertía haciendo como que echaba al aire fruta sin tirarla de veras, hasta que el elefante se enojó, y se le fue encima a trompazos al pintor, que se levantó del suelo medio muerto, y todo lleno de pinturas. Es bueno el elefante de naturaleza, y se deja domar del hombre, que lo tiene de bestia de carga, y va sobre él, sentado en un camarín de colgaduras, a pelear en las guerras de Asia, o a cazar el tigre, como desde una torre segura. Los príncipes del Indostán van a sus viajes en elefantes cubiertos de terciopelos de mucho bordado y pedrería, y cuando viene de Inglaterra otro príncipe, lo pasean por las calles en el camarín de paño de oro que va meciéndose sobre el lomo de los elefantes dóciles, y el pueblo pone en los balcones sus tapices ricos, y llena las calles de hojas de rosa.

En Siam no es sólo cariño lo que le tienen al elefante, sino adoración, cuando es de piel clara, que allí creen divina, porque la religión siamesa les enseña que Buda vive en todas partes, y en todos los seres, y unas veces en unos y otras en otros, y como no hay vivo de más cuerpo que el elefante, ni color que haga pensar mas en la pureza que lo blanco, al elefante blanco adoran, como si en él hubiera más de Buda que en los demás seres vivos. Le tienen palacio, y sale a la calle entre hileras de sacerdotes, y le dan las yerbas más finas y el mejor arrak, y el palacio se lo tienen pintado como un bosque, para que no sufra tanto de su prisión, y cuando el rey lo va a ver es fiesta en el país, porque creen que el elefante es dios mismo, que va decir al rey el buen modo de gobernar. Y cuando el rey quiere regalar a un extranjero algo de mucho valor, manda hacer una caja de oro puro, sin liga de otro metal, con brillantes alrededor, y dentro pone, como una reliquia, recortes de pelo del elefante blanco. En África no los miran los pueblos del país como dioses, sino que les ponen trampas en el bosque, y se les echan encima en cuanto los ven caer, para alimentarse de la carne, que es fina y jugosa: o los cazan por engaño, porque tienen enseñadas a las hembras, que vuelven al corral por el amor de los hijos, y donde saben que andan una manada de elefantes libres les echan a las hembras a buscarlos, y la manada viene sin desconfianza detrás de las madres que vuelven adonde sus hijuelos: y allí los cazadores los enlazan, y los van domando con el cariño y la voz, hasta que los tienen ya quietos, y los matan para llevarse los colmillos.

Partidas enteras de gente europea están por África cazando elefantes; y ahora cuenta los libros de una gran cacería, donde eran muchos los cazadores. Cuentan que iban sentados a la mujeriega en sus sillas de montar, hablando de la guerra que hacen en el bosque las serpientes al león, y de una mosca venenosa que les chupa la piel a los bueyes hasta que se la seca y los mata, y de lo lejos que saben tirar la azagaya y la flecha los cazadores africanos; y en eso estaban, y en calcular cuándo llegarían a las tierras de Tippu Tib, que siempre tiene muchos colmillos que vender, cuando salieron de pronto a un claro de esos que hay en África en medio de los bosques, y vieron una manada de elefantes allí al fondo del claro, unos durmiendo de pie, contra los troncos de los árboles, otros paseando juntos y meciendo el cuerpo de un lado a otro, otros echados sobre la yerba, con las patas de atrás estiradas. Les cayeron encima todas las balas de los cazadores. Los echados se levantaron de un impulso. Se juntaron las parejas. Los dormidos vinieron trotando donde estaban los demás. Al pasar junto a la poza, se llenaban de un sorbo la trompa. Gruñían y tanteaban el aire con la trompa. Todos se pusieron alrededor de su jefe. Y la caza fue larga; los negros les tiraban lanzas y azagayas y flechas: los europeos escondidos en los yerbales, les disparaban de cerca los fusiles: las hembras huían, despedazando los cañaverales como si fueran yerbas de hilo: los elefantes huían de espaldas, defendiéndose con los colmillos cuando les venía encima un cazador. El más bravo le vino a un cazador encima, a un cazador que era casi un niño, y estaba solo atrás, porque cada uno había ido siguiendo a su elefante. Muy colmilludo era el bravo, y venía feroz. El cazador se subió a un árbol, sin que lo viese el elefante, pero él lo olió enseguida y vino mugiendo, alzó la trompa como para sacar de la rama al hombre, con la trompa rodeó el tronco, y lo sacudió como si fuera un rosal: no lo pudo arrancar, y se echó de ancas contra el tronco. El cazador, que ya estaba al caerse, disparó su fusil, y lo hirió en la raíz de la trompa. Temblaba el aire, dicen, de los mugidos terribles, y deshacía el elefante el cañaveral con las pisadas, y sacudía los árboles jóvenes, hasta que de un impulso vino contra el del cazador, y lo echó abajo. ¡Abajo el cazador, sin tronco a que sujetarse! Cayó sobre las patas de atrás del elefante, y se le agarró, en el miedo de la muerte, de una pata de atrás. Sacudírselo no podía el animal rabioso, porque la coyuntura de la rodilla la tiene el elefante tan cerca del pie que apenas le sirve para doblarla. ¿Y cómo se salva de allí el cazador? Corre bramando el elefante. Se sacude la pata contra el tronco más fuerte, sin que el cazador se le ruede, porque se le corre adentro y no hace más que magullarle las manos. ¡Pero se caerá por fin, y de una colmillada va a morir el cazador! Saca su cuchillo, y se lo clava en la pata. La sangre corre a chorros, y el animal enfurecido, aplastando el matorral, va al río, al río de agua que cura. Y se llena la trompa muchas veces, y la vacía sobre la herida, la echa con fuerza que lo aturde, sobre el cazador. Ya va a entrar más a lo hondo el elefante. El cazador le dispara las cinco balas de su revólver en el vientre, y corre, por si se puede salvar, a un árbol cercano, mientras el elefante, con la trompa colgando, sale a la orilla, y se derrumba.

Los dos ruiseñores

Versión libre de un cuento de Andersen

En China vive la gente en millones, como si fuera una familia que no acabase de crecer, y no se gobiernan por sí, como hacen los pueblos de hombres, sino que tienen de gobernante a un emperador, y creen que es hijo del cielo, porque nunca lo ven sino como si fuera el sol, con mucha luz por junto a él, y de oro el palanquín en que lo llevan, y los vestidos de oro. Pero los chinos están contentos con su emperador, que es un chino como ellos. ¡Lo triste es que el emperador venga de afuera, dicen los chinos, y nos coma nuestra comida, y nos mande matar porque queremos pensar y comer, y nos trate como a sus perros y como a sus lacayos! Y muy galán que era aquel emperador del cuento, que se metía de noche la barba larga en una bolsa de seda azul, para que no lo conocieran, y se iba por las casas de los chinos pobres, repartiendo sacos de arroz y pescado seco, y hablando con los viejos y los niños, y leyendo, en aquellos libros que empiezan por la última página, lo que Confucio dijo de los perezosos, que eran peor que el veneno de las culebras, y lo que dijo de los que aprenden de memoria sin preguntar por qué, que no son leones con alas de paloma, como debe el hombre ser, sino lechones flacos, con la cola de tirabuzón y las orejas caídas, que van donde el porquero les dice que vayan, comiendo y gruñendo. Y abrió escuelas de pintura, y de bordados, y de tallar la madera; y mandó poner preso al que gastase mucho en sus vestidos, y daba fiesta donde se entraba sin pagar, a oír las historias de las batallas y los cuentos hermosos de los poetas; y a los viejecitos los saludaba siempre como si fuesen padres suyos; y cuando los tártaros bravos entraron en China y quisieron mandar en la tierra, salió montado a caballo de su palacio de porcelana blanco y azul, y hasta que no echó al último tártaro de su tierra, no se bajó de la silla. Comía a caballo: bebía a caballo su vino de arroz: a caballo dormía. Y mandó por los pueblos unos pregoneros con trompetas muy largas, y detrás unos clérigos vestidos de blanco que iban diciendo así: «¡Cuando no hay libertad en la tierra, todo el mundo debe salir a buscarla a caballo!» Y por todo eso querían mucho los chinos a aquel emperador galán, aunque cuentan que eran muchas las golondrinas que dejaba sin nido, porque le gustaba mucho la sopa de nidos; y que una vez que otra se ponía a conversar con un frasco de vino de arroz: y lo encontraban tendido en la estera, con la barba revuelta en el suelo, y el vestido lleno de manchas. Esos días no salían las mujeres a la calle, y los hombres iban a su quehacer con la cabeza baja, como si les diera vergüenza ver el sol. Pero eso no sucedía muchas veces, sino cuando se ponía triste porque los hombres no se querían bien ni hablaban la verdad: lo de siempre era la alegría, y la música, y el baile, y los versos, y el hablar de valor y de las estrellas: y así pasaba la vida del emperador, en su palacio de porcelana blanco y azul.

Hermosísimo era el palacio, y la porcelana hecha de la pasta molida del mejor polvo kaolín, que da una porcelana que parece luz, y suena como la música, y hace pensar en la aurora, y en cuando empieza a caer la tarde. En los jardines había naranjos enanos, con más naranjas que hojas; y peceras con peces de amarillo y carmín, con cinto de oro; y unos rosales con rosas rojas y negras, que tenían cada una su campanilla de plata, y daban a la vez música y olor. Y allá al fondo había un bosque muy grande y hermoso, que daba al mar azul, y en un árbol de los del bosque vivía un ruiseñor, que les cantaba a los pobres pescadores canciones tan lindas, que se olvidaban de ir a pescar; y se les veía sonreír del gusto, o llorar de contento, y abrir los brazos, y tirar besos al aire, como si estuviesen locos. «¡Es mejor el vino de la canción que el vino de arroz!» decían los pescadores. Y las mujeres estaban contentas, porque cuando el ruiseñor cantaba, sus maridos y sus hijos no bebían tanto vino de arroz. Y se olvidaban del canto los pescadores cuando no lo oían; pero en cuanto lo volvían a oír, decían, abrazándose como hermanos: «¡Qué hermoso es el canto del ruiseñor!»

Venían de afuera muchos viajeros a ver el país: y luego escribían libros de muchas hojas, en que contaban la hermosura del palacio y el jardín, y lo de los naranjos, y lo de los peces, y lo de las rosas rojinegras; pero todos los libros decían que el ruiseñor era lo más maravilloso: y los poetas escribían versos al ruiseñor que vivía en un árbol del bosque, y cantaba a los pobres pescadores los cantos que les alegraban el corazón: hasta que el emperador vio los libros, y del contento que tenía le dio con el dedo tres vueltas a la punta de la barba, porque era mucho lo que celebraban su palacio y su jardín; pero cuando llegó adonde hablaban del ruiseñor: «¿Qué ruiseñor es éste, dijo, que yo nunca he oído hablar de él? ¡Parece que en los libros se aprende algo! ¡Y esta gente de mi palacio de porcelana, que me dice todos los días que yo no tengo nada que aprender! ¡Venga ahora mismo el mandarín mayor!» Y vino, saludando hasta el suelo, el mandarín mayor, con su túnica de seda azul celeste, de florones de oro. «¡Puh! ¡puh!» contestaba el mandarín, hinchando la cabeza, a todos los que le hablaban. Pero al emperador no le decía ni «¡puh!» ni «¡pih!»; sino que se echaba a sus pies, con la frente en la estera, esperando, temblando, hasta que le decía «¡levántate!» el emperador.

—¡Levántate! ¿Qué pájaro es este de que habla este libro, que dicen que es lo más hermoso de todo mi país?

—Nunca he oído hablar de él, nunca—dijo el mandarín, arrodillándose en el aire, y con los brazos cruzados:—no ha sido presentado en palacio.

—¡Pues en palacio ha de estar esta noche! ¿Que el mundo entero sabe mejor que yo lo que tengo en mi casa?

—Nunca he oído hablar de él, nunca—dijo el mandarín: dio tres vueltas redondas, con los brazos abiertos, se echó a los pies del emperador, con la frente en la estera, y salió de espaldas, con los brazos cruzados, y arrodillándose en el aire.

Y el mandarín empezó a preguntar a todo el palacio por el pájaro. Y el emperador mandaba a cada media hora a buscar al mandarín.

—Si esta noche no está aquí el pájaro, mandarín, sobre las cabezas de los mandarines he de pasear esta noche.

—¡Tsing-pé! ¡Tsing-pé!—salió diciendo el mandarín mayor, que iba dando vueltas, con los brazos abiertos, escaleras abajo. Y los mandarines todos se echaron a buscar al pájaro, para que no paseáse a la noche sobre sus cabezas el emperador. Hasta que fueron a la cocina del palacio, donde estaban guisando pescado en salsa dulce, e inflando bollos de maíz, y pintando letras coloradas en los pasteles de carne: y allí les dijo una cocinerita, de color de aceituna y de ojos de almendra, que ella conocía el pájaro muy bien, porque de noche iba por el camino del bosque a llevar las sobras de la mesa a su madre que vivía junto al mar, y cuando se cansaba al volver, debajo del árbol del ruiseñor descansaba, y era como si le conversasen las estrellas cuando cantaba el ruiseñor, y como si su madre le estuviera dando un beso.

—¡Oh, virgen china!—le dijo el mandarín:—¡digna y piadosa virgen!: en la cocina tendrás siempre empleo, y te concederé el privilegio de ver comer al emperador, si me llevas adonde el ruiseñor canta en el árbol, porque lo tengo que traer a palacio esta noche.

Y detrás de la cocinerita se pusieron a correr los mandarines, con las túnicas de seda cogidas por delante, y la cola del pelo bailándoles por la espalda: y se les iban cayendo los sombreros picudos. Bramó una vaca, y dijo un mandarincito joven:—«¡Oh, qué robusta voz! ¡qué pájaro magnífico!»—«Es una vaca que brama»,—dijo la cocinerita. Graznó una rana, y dijo el mandarincito:—«¡Oh, qué hermosa canción, que suena como las campanillas!»—«Es una rana que grazna», dijo la cocinerita. Y entonces rompió a cantar de veras el ruiseñor.

—¡Ese, ése es!—dijo la cocinerita, y les enseñó un pajarito, que cantaba en una rama.

—¡Ese!—dijo el mandarín mayor:—nunca creí que fuera una persona tan diminuta y sencilla: ¡nunca lo creí! O será, mandarines amigos ¡sí, debe ser! que al verse por primera vez frente a nosotros los mandarines, ha cambiado de color.

—¡Lindo ruiseñor!—decía la cocinerita:—el emperador desea oírte cantar esta noche.

—Y yo quiero cantar—le contestó el ruiseñor, soltando al aire un ramillete de arpegios.

—¡Suena como las campanillas, como las campanillas de plata!—dijo el mandarincito.

—¡Lindo ruiseñor! a palacio tienes que venir, porque en palacio es donde está el emperador.

—A palacio iré, iré—cantó el ruiseñor, con un canto como un suspiro:—¡pero mi canto suena mejor en los árboles del bosque!

El emperador mandó poner el palacio de lujo: y resplandecían con la luz de los faroles de seda y de papel los suelos y las paredes; las rosas rojinegras estaban en los corredores y los atrios, y resonaban sin cesar, entre el bullicio del gentío, las campanillas: en el centro mismo de la sala, donde se le veía más, estaba un paral de oro, para que el ruiseñor cantase en él: y a la cocinerita le dieron permiso para que se quedase en la puerta. La corte estaba de etiqueta mayor, con siete túnicas y la cabeza acabada de rapar. Y el ruiseñor cantó tan dulcemente que le corrían en hilo las lágrimas al emperador: y los mandarines, de veras, lloraban: y el emperador quiso que le pusieran al ruiseñor al cuello su chinela de oro: pero el ruiseñor metió el pico en la pluma del pecho, y dijo «gracias» en un trino tan rico y vigoroso, que el emperador no lo mandó matar porque no había querido colgarse la chinela. Y en su canto decía el ruiseñor: «No necesito la chinela de oro, ni el botón colorado, ni el birrete negro, porque ya tengo el premio más grande, que es hacer llorar a un emperador.»

Aquella noche, en cuanto llegaron a sus casas, todas las damas tomaron sorbos de agua, y se pusieron a hacer gárgaras y gorgoritos, y ya se creían muy finos ruiseñores. Y la gente de establo y cocina decía que estaba bien, lo que es mucho decir, porque ésa es gente que lo halla mal todo. Y el ruiseñor tenía su caja real, con permiso para volar dos veces al día, y una en la noche. Doce criados de túnica amarilla lo sujetaban cuando salía a volar, por doce hilos de seda. En la ciudad no se hablaba más que del canto, y en cuanto uno decía «rui...» el otro decía «...señor». Y llamaban «ruiseñor» a los niños que nacían, pero ninguno cantó nunca una nota.

Un día recibió el emperador un paquete que decía «El Ruiseñor» en la tapa, y creyó que era otro libro sobre el pájaro famoso; pero no era libro, sino un pájaro de metal que parecía vivo en su caja de oro, y por plumas tenía zafiros, diamantes y rubíes, y cantaba como el ruiseñor de verdad en cuanto le daban cuerda, moviendo la cola de oro y plata: llevaba al cuello una cinta con este letrero: «¡El ruiseñor del emperador de China es un aprendiz, junto al del emperador del Japón!»

«¡Hermoso pájaro es!» dijo toda la corte, y le pusieron el nombre de «gran pájaro internacional»: porque se usan estos nombres en China, pomposos y largos: pero cuando puso el emperador a cantar juntos al ruiseñor vivo y al artificial, no anduvo el canto bueno, porque el vivo cantaba como le nacía del corazón, sincero y libre, y el artificial cantaba a compás, y no salía del vals.

—¡A mi gusto! ¡esto es a mi gusto!—decía el maestro de música; y cantó solo el pájaro de las piedras, tan bien como el vivo. ¡Y luego, tan lleno de joyas que relumbraban, lo mismo que los brazaletes, y los joyeles, y los broches! Treinta y tres veces seguidas cantó la misma tonada sin cansarse, y el maestro de música y la corte entera lo hubieran oído con gusto una vez más, si no hubiese dicho el emperador que el vivo debía cantar algo. ¿El vivo? Lejos estaba, lejos de la corte y del maestro de música. Los vio entretenidos, y se les escapó por la ventana.

—¡Oh, pájaro desagradecido!—dijo el mandarín mayor, y dio tres vueltas redondas, y se cruzó de brazos.

—Pero mejor mil veces es este pájaro artificial—decía el maestro de música:—porque con el pájaro vivo, nunca se sabe cómo va a ser el canto, y con éste, se está seguro de lo que va a ser: con éste todo está en orden, y se le puede explicar al pueblo las reglas de la música.

Y el emperador dio permiso para que el domingo sacase el maestro al pájaro a cantar delante del pueblo, que parecía muy contento, y alzaba el dedo y decía que el con la cabeza; pero un pobre pescador dijo «que él había oído el ruiseñor del bosque, y que éste no era como aquél, porque le faltaba algo de adentro, que él no sabía lo que era». El emperador mandó desterrar al ruiseñor vivo, y al otro de la caja se lo pusieron a la cabecera, en un cojín de seda, con muchos presentes de joyas y de argentería, y lo llamaban por título de corte «cantor de alcoba y pájaro continental, que mueve la cola como el emperador se la manda mover.» Y el maestro de música se sintió tan feliz que escribió un libro de veinticinco tomos sobre el ruiseñor artificial, con muchos esdrújulos y palabras de extraña sabiduría; y la corte entera dijo que lo había leído y entendido, de miedo de que los tuviesen por gente fofa y de poca educación, y de que el emperador se paseara sobre sus cabezas.

Pasó un año, y emperador, corte y país conocían como cosa de sí mismos cada gorjeo y vuelta del «pájaro continental»; y como que lo podían entender, lo declaraban magnífico ruiseñor. Cantaban su vals los cortesanos todos. Y los chicuelos de la calle. Y el emperador lo cantaba también, y lo bailaba, cuando estaba solo con su vino de arroz. Era un vals el imperio, que andaba a compás, con mucho orden, al gusto del maestro de música. Hasta que una noche, cuando estaba el pájaro en lo mejor del canto, y el emperador lo oía, tendido en su cama de randas y colgaduras, saltó un resorte de la máquina del ruiseñor; como huesos que se caen sonaron las ruedas, y paró la música. Se echó de la cama el emperador, y mandó llamar a un médico. El médico no supo qué hacer: y vino el relojero. El relojero, mal que bien, puso las ruedas locas en su lugar, pero encargó que usasen del pájaro muy poco, porque estaban gastados los cilindros, y el ruiseñor aquel no podía en verdad cantar más de una vez al año. El maestro de música le echó encima un discurso al relojero, y le dijo traidor, y venal, y chino espurio, y espía de los tártaros, porque decía que el pájaro continental no podía cantar más que una vez. En la puerta iba ya el relojero, y todavía le estaba diciendo el maestro de música malas palabras: «¡traidor! ¡venal! ¡chino espurio! ¡espía de los tártaros!» Porque estos maestros de música de las cortes no quieren que la gente honrada diga la verdad desagradable a sus amos.

Cinco años después había mucha tristeza en la China, porque estaba al morir el pobre emperador, tanto que tenían nombrado ya al nuevo, aunque el pueblo agradecido no quería oír hablar de él, y se apretaba a preguntar por el enfermo a las puertas del mandarín, que los miraba de arriba abajo, y decía: «¡Puh!» «¡Puh!» repetía la pobre gente, y se iba a su casa llorando.

Pálido y frío estaba en su cama de randas y colgaduras el emperador, y los mandarines todos lo daban por muerto, y se pasaban el día dando las tres vueltas con los brazos abiertos, delante del que debía subir al trono. Comían muchas naranjas, y bebían té con limón. En los corredores habían puesto tapices, para que no sonara el paso. No se oía en el palacio sino un ruido de abejas.

Pero el emperador no estaba muerto todavía. Al lado de su cama estaba el pájaro roto. Por una ventana abierta entraba la luz de la luna sobre el pájaro roto, y el emperador mudo y lívido. Sintió el emperador un peso extraño sobre su pecho, y abrió los ojos para ver. Vio a la Muerte, sentada sobre su pecho. Tenía en las sienes su corona imperial, y en una mano su espada de mando y en la otra mano su hermosa bandera. Y por entre las colgaduras vio asomar muchas cabezas raras, bellas unas y como con luz, otras feas y de color de fuego. Eran las buenas y las malas acciones del emperador, que le estaban mirando a la cara. «¿Te acuerdas?» le decían las malas acciones. «¿Te acuerdas?» le decían las buenas acciones. «¡Yo no me acuerdo de nada, de nada!» decía el emperador: «¡música, música! ¡tráiganme la tambora mandarina, la que hace más ruido, para no oír lo que me dicen mis malas acciones!» Pero las acciones seguían diciendo: «¿Te acuerdas? ¿Te acuerdas?» «¡Música, música!» gritaba el emperador: «¡oh, hermano pájaro de oro, canta, te ruego que cantes! ¡yo te he dado regalos ricos de oro! ¡yo te he colgado al cuello mi chinela de oro! ¡te ruego que cantes!» Pero el pájaro no cantaba. No había uno que supiera darle cuerda. No daba una sola nota.

Y la Muerte seguía mirando al emperador con sus ojos huecos y fríos, y en el cuarto había una calma espantosa, cuando de pronto entró por la ventana el son de una dulce música. Afuera, en la rama de un árbol, estaba cantando el ruiseñor vivo. Le habían dicho que estaba muy enfermo el emperador, y venía a cantarle de fe y de esperanza. Y según iba cantando eran menos negras las sombras, y corría la sangre más caliente en las venas del emperador, y revivían sus carnes moribundas. La Muerte misma escuchaba, y le dijo: «¡Sigue, ruiseñor, sigue!» Y por un canto, le dio la Muerte la corona de oro: y por otro, la espada de mando: y por otro canto más, le dio la hermosa bandera. Y cuando ya la Muerte no tenía ni la bandera, ni la espada, ni la corona del emperador, cantó el pájaro de la hermosura del camposanto, donde la rosa blanca crece, y da el laurel sus aromas a la brisa, y dan brillo y salud a la yerba las lágrimas de los dolientes.

Y tan hermoso vio la Muerte en el canto a su jardín, que lo quiso ir a ver, y se levantó del pecho del emperador, y desapareció como un vapor por la ventana.

—¡Gracias, gracias, pájaro celeste!—decía el emperador.—Yo te desterré de mi reino, y tú destierras a la muerte de mi corazón. ¿Cómo te puedo yo pagar?

—Tú me pagaste ya, emperador, cuando te hice llorar con mi canto: las lágrimas que arranca a las almas de los hombres son el único premio digno del pájaro cantor. Duerme, emperador, duerme: yo cantaré para ti.

Y con sus trinos y arpegios se fue durmiendo el enfermo en un rueño de salud. Cuando despertó, entraba el sol, como oro vivo, por la ventana. Ni uno solo de sus criados, ni un solo mandarín, había venido a verlo. Lo creían muerto todos. El ruiseñor no más estaba junto a su cama: el ruiseñor, cantando.

—¡Siempre estarás junto a mí! ¡En el palacio vivirás, y cantarás cuando quieras! ¡Yo romperé al pájaro artificial en mil pedazos!

—No lo rompas en mil pedazos, emperador: él te sirvió bien mientras pudo: yo no puedo vivir en el palacio, ni fabricar entre los cortesanos mi nido. Yo vendré al árbol que cae a tu ventana, y te cantaré en la noche, para que tengas sueños felices. Te cantaré de los malos y de los buenos, y de los que gozan y de los que sufren. Los pescadores me esperan, emperador, en sus casas pobres de la orilla del mar. El ruiseñor no puede ser infiel a los pescadores. Yo te vendré a cantar en la noche si me prometes una cosa.

—¡Todo te lo prometo!—dijo el emperador, que se había levantado de su cama, y tenía puesta la túnica imperial, y en la mano su gran espada de oro.

—¡No digas que tienes un pájaro amigo que te lo cuenta todo, porque le envenenarán el aire al pájaro!—Y salió volando el ruiseñor, y echando al aire un ramillete de arpegios.

Los mandarines entraron de repente en el cuarto, detrás del mandarín mayor, a ver al emperador muerto. Y lo vieron de pie, con su túnica imperial; con la mano de la espada puesta al corazón. Y se oía, como una risa, el canto del ruiseñor.

—¡Tsing-pé! ¡Tsing-pé!—dijo el gran mandarín, y dio dieciocho vueltas seguidas con los brazos abiertos, y se echó por tierra, con la frente a los pies del emperador. Y a los mandarines, arrodillados en el aire, les temblaba en la nuca la cola.

La galería de las máquinas

Los niños han leído mucho el número pasado de *La Edad de Oro*, y son graciosas las cartas que mandan, preguntando si es verdad todo lo que dice el artículo de la *Exposición de París*. Por supuesto que es verdad. A los niños no se les ha de decir más que la verdad, y nadie debe decirles lo que no sepa que es como se lo está diciendo, porque luego los niños viven creyendo lo que les dijo el libro o el profesor, y trabajan y piensan como si eso fuera verdad, de modo que si sucede que era falso lo que les decían, ya les sale la vida equivocada, y no pueden ser felices con ese modo de pensar, ni saben como son las cosas de veras, ni pueden volver a ser niños, y empezar a aprenderlo todo de nuevo.

¿Que si es verdad todo lo de la Exposición? Una señora buena le armó una trampa al hombre de *La Edad de Oro*. Iban hablando del artículo, y ella le dijo: «Yo he estado en Paris.» «¡Ah, señora, qué vergüenza entonces! ¡qué habrá dicho del artículo!» «No: yo he estado en París, porque he leído su artículo.»Y otro señor bueno, que está en París, dice «que a él no lo engañan, que *La Edad de Oro*estuvo en París sin que él la viera, porque él se pasaba la vida en la Exposición y todo lo que había en la Exposición que ver está en *La Edad de Oro*.»

Pero el señor bueno dice que faltó un grabado, para que los niños vieran bien toda la riqueza de aquellos palacios; y es el grabado de la «Galería de las Máquinas», que era el corredor adonde daban las puertas diferentes de las industrias del mundo, y allá al fondo tenía el edificio más hermoso, donde estaban en hilera, como elefantes arrodillados, las máquinas de todo lo que el hombre sabe hacer. Quien ha visto todo aquello, vuelve diciendo que se siente como más alto. Y como *La Edad de Oro*quiere que los niños sean fuertes, y bravos, y de bueno estatura aquí está, para que les ayude a crecer el corazón, el grabado de La Galería de las Máquinas.

La última página

Los padres se lo quieren dar todo a sus hijos, y si ven un caballo hermoso, con la cola que le reluce y el pelo como seda, no piensan en montarse ellos, como señorones, y salir trotando por la alameda, donde van de paseo por la tarde los coches y los jinetes, sino que piensan en sus hijos los padres, y se ponen a trabajar todavía más, para comprarle al hijito el caballo hermoso. Si pasa un niño en un velocípedo, con su vestido de terciopelo y su cachucha, y tan de prisa que todo el mundo se para a verlo, el padre no piensa en comprarse un velocípedo él, sino en que su hijito estará lindo de veras cuando vaya como el niño de terciopelo y la cachucha, en sus dos ruedas que dan como una luz cuando andan, y van casi tan de prisa como la luz, que es lo que anda más pronto en el mundo. La luz no se ve, y es verdad, como que si se acabase la luz, se rompería el mundo en pedazos, como se rompen allá por el cielo las estrellas que se enfrían. Así hay muchas cosas que son verdad aunque no se las vea. Hay gente loca, por supuesto, y es la que dice que no es verdad sino lo que se ve con los ojos. ¡Como si alguien viera el pensamiento, ni el cariño, ni lo que, allá dentro de su cabeza canosa, va hablándose el padre, para cuando haya trabajado mucho, y tenga con qué comprarle caballos como la seda o velocípedos como la luz a su hijo!

El hombre de *La Edad de Oro* es así, lo mismo que los padres: un padrazo es el hombre de *La Edad de Oro*: como una estatua que hay del río Nilo, donde hace de río un viejo muy barbón, y encima de él saltan, y juegan, y dan vueltas de cabeza los muchachos traviesos, lo que no quiere decir, por supuesto, que el río Nilo sea un viejo de verdad, ni que sus cien hijos jugaran así encima de él, sino que el río Nilo es como un padre para toda aquella gente de las tierras de Egipto, porque les humedece los sembrados cada vez que baja de los montes con mucha agua, y así las siembras les dan mucho fruto: por eso quieren al río los egipcios como si fuera persona, y lo pintan tan viejo, porque desde hace miles de años ya hablaban del Nilo los libros de entonces, que estaban escritos en unas tiras largas que hacían de una yerba, y luego las enrollaban alrededor de una varilla, y las metían en su nicho, como los que tienen ahora los escritorios para guardar los papeles. Y los egipcios le rezaban al Nilo, como si fuera un dios, y le componían versos y cantos; y como que nada les parecía mejor que una joven hermosa, sacaban de su casa una vez al año a la egipcia más linda, y la echaban al agua, como regalo al río viejo, para que se contentase para el año, con aquella hija que le daban, y bajase del monte con más agua que nunca.

Así son los padres buenos, que creen que todos los niños son sus hijos, y andan como el río Nilo, cargados de hijos que no se ven, y son los niños del mundo, los niños que no tienen padre, los niños que no tienen quien les dé velocípedos, ni caballo, ni cariño, ni un beso. Y así es el hombre de *La Edad de Oro*, que en cada número quisiera poner el mundo para los niños, a más de su corazón; pero en la imprenta dicen que el corazón cabe siempre, y el mundo no, ni el artículo de *La Luz Eléctrica*, que cuenta cómo se hace la luz, y qué cosa es la electricidad, y cómo se enciende y se apaga, y muchas cosas que parecen sueño, o cosa de lo más hondo y hermoso del cielo: porque la luz eléctrica es como la de las estrellas, y hace pensar en que las cosas tienen alma, como dijo en sus versos latinos un poeta, Lucrecio, que hubo en Roma, y en que ha de parar el mundo, cuando sean buenos todos los hombres, en una vida de mucha dicha y claridad, donde no haya odio ni ruido, ni noche ni día, sino un gusto de vivir, queriéndose todos como hermanos, y en el alma una fuerza serena, como la de la luz eléctrica. Con todo eso, no cupo el artículo, y hubo que escribir otro más corto, que es ese que habla de la caza del elefante, y el modo con que venció el niño cazador al elefante fuerte. Nadie diga que el cambio no fue bueno. Se ha de conocer las fuerzas del mundo para ponerlas a trabajar, y hacer que la electricidad que mata en un rayo, alumbre en la luz. Pero el hombre ha de aprender a defenderse y a inventar, viviendo al aire libre, y viendo la muerte de cerca, como el cazador del elefante. La vida de tocador no es para hombres. Hay que ir de vez en cuando a vivir en lo natural, y a conocer la selva.

6609812R00076

Made in the USA
San Bernardino, CA
11 December 2013